콧구멍이
벌렁벌렁

1판 1쇄 인쇄 | 2009년 2월 5일 인쇄
1판 1쇄 발행 | 2009년 2월 10일 발행

지은이 | 윤조병 외 4인
펴낸이 | 진병일
펴낸곳 | 도서출판 예감
등록일 | 2001년 9월 6일
등록번호 | 제300-2001-174호
주소 | 서울종로구 연건동 125번지
전화 | 02 . 766-4761
팩스 | 02 . 766-4761
ⓒ A Publishing Company yegam 2009. printed in seoul, korea

값 10,000 원

* 저자들과 협의에 따라 인지를 붙이지 않습니다.
* 이 책은 한국문화예술위원회에서 후원하고 아시테지 한국협회의 주관으로 출간된 것입니다.

ISBN 978-89-87445-29-8 03810

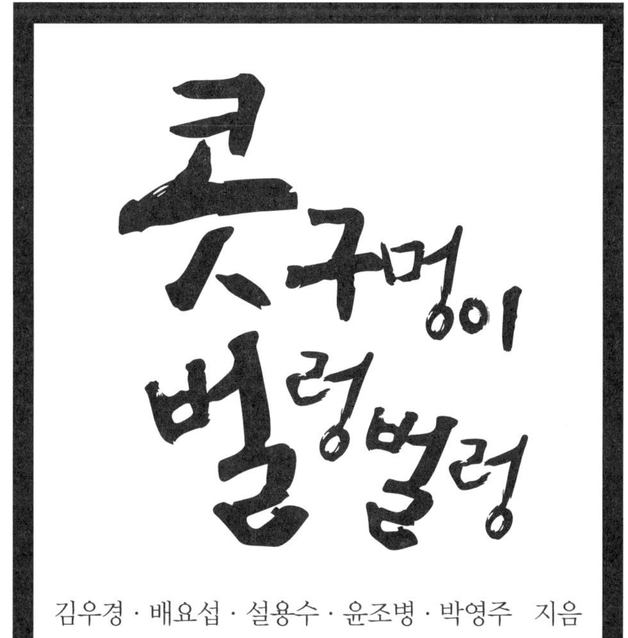

김우경 · 배요섭 · 설용수 · 윤조병 · 박영주 지음

더욱 발전하는
어린이 연극을 위한 디딤돌

송 인 현

아시테지한국본부 이사장

우리 어린이 연극이 본격적으로 출발한 것은 1970년대 말, 80년대 초라고 할 수 있습니다. 물론 방정환 선생님부터 시작된 어린이를 연극의 역사가 분명히 존재합니다만 일반 대중에게 어린이 연극이라는 이름으로 활성화된 것을 말하는 것입니다. 그 동안 우리 어린이 연극은 괄목할만한 발전을 하였습니다. 세계명작이라고 불리는 작품들을 아무 비판 없이 무대에 올리던 시절부터 "어린이에게 꿈과 희망"이라는 말로 "사치와 허영"을 조장하던 무대가 주를 이루던 시절도 있었습니다.

그렇지만 어린이를 위한 연극을 만드는 집단들의 치열한 고민과 열정으로 지금은 창작 작품이 주를 이루게 되었고 명작이라고 불리는 작품을 올리더라

도 새롭게 해석을 하거나 분명한 목적을 갖게 되었습니다. 더군다나 일부 작
품들은 그 예술적 독창성과 완성도 면에서 세계의 어린이 연극들과 어깨를 나
란히 할 수 있는 수준이 되었습니다.

　이제 우리 어린이 연극이 보다 발전하기 위해서는 연극을 만드는 첫 단계인
이야기틀(희곡)을 틀을 제대로 갖춰야 한다는 생각이 들었습니다. 그리고 오
늘 올려지고 있는 의미있는 작품들을 모아두어야 한다는 생각도 들었습니다.
마침 문화예술위원회의 인큐베팅 프로그램을 모방하여 아시테지에서 오늘의
어린이 희곡을 정리하고 보다 발전적인 형태를 마련해보려고 합니다. 그리고
세계가 주목하는 우리 어린이 연극의 틀(희곡)을 정리하여 다른 사람들에게
자랑하고 싶습니다.

　이번 작업은 처음 의도한 오늘의 희곡을 모으는데 부족한 점이 많습니다.
그리고 인큐베팅 프로그램을 제대로 완수하지 못했습니다. 자기 희곡을 다른
사람들을 통해 다시 정리한다는 것이 쑥스러워서인지 많은 사람들이 참여하
지 못해서입니다. 하지만 다음부턴 오늘의 희곡을 모으는 작업도 수월할 것
이고 더 많은 사람들이 인큐베팅 프로그램에 참여하여 희곡 낭독회도 가질 수
있을 것입니다.

　작품을 허락해주신 작가님들과 출판사 관계자 여러분, 그리고 한국문화예
술위원회에 진심으로 감사의 말씀을 전합니다.

– 2008년 12월　아시테지사무실에서

차례

치카추카 동물병원

설용수

때 : 현대

장소 : 숲속 동물나라

나오는 사람

의 사   환자에게 친절하고 부드러운 치과의사이다.

간호사   동물들을 사랑하는 간호사이다.

아기용   단 음식을 좋아하는 솔직한 개구쟁이다.

어른곰   행동이 거친 어른곰, 이가 아파서 더 거칠다.

아기곰   단 것만 좋아하고 이 닦는 것은 싫어하는 어른곰의 어린시절이다.

천 사   아기곰에게 끝까지 이 닦을 것을 권유하여 결국 충치를 물리치게
        한다.

악 마   아기곰에게 단 것을 먹도록 유혹하여 이에 묻은 찌꺼기를 파먹는
        충치이다.

염 소   틀니로 고생하는 할아버지다.

한쪽 무대에 치과용 의자가 놓여있고 정면엔 거울이 걸려있으며 의자 옆엔 치과용 기기가 놓여있는 받침대가 있다. 한쪽에 소파가 놓여있고 다른 쪽 무대엔 커다란 치아의 모형이 벽면에 숨겨져 있는 요술거울이 상황을 재현할 때 바닥으로 내려오도록 되어있다.

불이 켜지면 안경을 쓴 의사가 치과용 의자에 앉아 흥얼거리며 신문을 읽고 있다. 옆에서 간호사가 여러 가지 기구들을 정리하고 있다.

의사   (신문을 넘기며 혼잣말로) 오늘은 어째 조용하네!
               동물나라가 이렇게 평화스럽긴 꽤 오랜만인 걸.
               (다시 신문의 기사를 읽기 시작한다.)
간호사   선생님, 다 쓴 기구들은 소독 기구에 넣을게요.
의사   그래, 그러렴.

다소 거칠게 문 두드리는 소리가 나더니 이내 조용해진다.

의사   누구지?
간호사   제가 나가볼게요.

간호사가 밖으로 나간다. (사이)

의사   (신문을 보며) 호오, 내일이 벌써 아이들 여름방학이로구나.

어린이 환자가 많아지겠는 걸!

간호사 (밖에서 다급한 목소리로) 선생님!

의사 (벌떡 일어서며) 왜 그래?

간호사 아기용이요…….

의사 (서둘러 의자에서 내려오며) 아기용?

의사가 서둘러 문 쪽으로 가는데 아기용을 부축한 간호사가 들어온다.

의사 (다른 한쪽을 부축하며) 무슨 일이냐?

간호사 문 앞에 쓰러졌어요.

의사 쓰러져?

간호사 정신을 못 차려요.

의사 빨리 소파로…….

축 늘어진 아기용을 소파에 눕힌다. 의사가 아기용의 머리에 손을 댔다가 맥을 잡았다가 눈꺼풀을 열어보기도 한다.

의사 (갸우뚱)

간호사 왜요, 선생님?

의사 따뜻한 물 좀 주렴!

간호사 네!

간호사가 나가더니 물잔을 들고 온다. 의사가 아기용의 상반신을 일으켜 물을 먹이고 뺨을 두드린다.

아기용   여기가…… 어디야?

간호사   동물나라 치과 병원!

아기용   치과?

의사   자, 물 좀 더 마시자.

아기용   (눈을 꼭 감고 도리질)

간호사   왜?

아기용   안 마셔, 싫어!

의사   호오, 뭐든지 잘 먹던 아기용이 무슨 일이지?

아기용   (의사에게 안기며) 선생님, 이제 난 죽을 거예요. 엉엉!

의사   죽어? 왜?

아기용   …….

간호사   왜?

의사   (용의 등을 두드리며) 자, 말해보렴. 왜?

아기용   말썽을 많이 부려서요. 엉엉!

간호사   말썽?

아기용   어젠 불을 훅 뿜어서…….

의사   뿜어서?

아기용   우리 선생님이 놀라 엉덩방아를 찧었어요.

간호사   이그!

아기용   그저께는요…….

의사   (용의 상태를 아기용이 눈치 못 채도록 조용히 점검하며) 그저께는?

아기용   원숭이 엉덩이에…….

의사   엉덩이에?

아기용   똥침을 놓았어요. 엉엉!

간호사   그만 울고…… 물 더 마셔!

아기용   싫어. 난 어차피 죽을 건데 뭐!

간호사   물을 마시면 선생님이 살려 주실 거야.

아기용   선생님, 정말이에요?

의사   암, 정말이고말고!

아기용   (울음을 뚝 그치며) 정말 살려주실 거예요?

의사   암, 살려주고말고!

아기용이 물을 받아서 벌컥벌컥 마시더니 의사에게 매달려 통사정을 한다.

아기용   선생님, 저 좀 꼭 살려주세요!

의사   (머리를 쓰다듬으면서) 그럼, 이렇게 귀여운 아기

          용이 벌써 죽으면 안 되지.

아기용   (자꾸 머리를 조아리며) 고맙습니다, 고맙습니다.

의사   (용을 의자로 데려가며) 근데 어디가 아프니?

아기용   (의자에 털썩 주저앉으며) 엉엉, 큰일 났어요. 선생님!

간호사   또 우네.

아기용   내 이빨이 두 개나 흔들려요!

의사   그래!

아기용   이빨이 다 빠지면 난 어떡해요? 밥도 못 먹고 굶어 죽잖아요. 엉엉!

의사 · 간호사   하하 하하하!

아기용   왜 웃어요?

의사   그래서 밥을 안 먹었니?

아기용   네!

간호사   (머리에 알밤을 먹이며) 이 바보야! 젖니는 누구나 다 빠지는 거야.

아기용   정말이에요, 선생님?

의사   응!

아기용   (간호사에게) 누나도 빠졌어?

간호사   그럼!

아기용   선생님두요?

의사   어릴 땐 누구나 젖니가 빠지는 거란다. 그걸 유치라고 하지.

아기용   유치? 유치는 왜 빠져요?

의사   아기가 자라면 키도 자라고 손도 크지?

아기용   네!

의사   그러니까 이빨도 자라야지!

아기용   이빨이 대문짝만큼 커져요?

간호사   하하하하

아기용   누나는 왜 자꾸 웃어요?

의사   네 잇몸에 맞게 자란단다.

아기용   아하! 그러니까…….

간호사   그러니까?

아기용   뱀이 허물을 벗듯이…….

간호사   그래, 뱀도 몸이 자라니까 껍질을 벗잖아.

아기용   아기 이빨은 빠지고 그 자리에 어른 이빨이 나오는 거네요.

의사   그렇지.

아기용   그럼…… 제가 어른이 될 준비를 하는 거네요.

의사   이제 알겠니?

아기용   만세! 난 이제 어른이 되는구나.

간호사   (머리를 쓰다듬으며) 똑똑하다!

의사   그러니까 이제 말썽은 그만 부려야지?

아기용   (눈을 깜빡이며 잠시 생각하다가) 네. 난 어른이 될 거니까…….

간호사   호호, 이제 아기용이 의젓해지겠네요!

아기용   난 이제 의젓해질 거야.

의사   어디 흔들리는 이 좀 보자.

　간호사가 아기용에게 앞치마를 입혀주고 여러 가지 의료기기들이 담긴 받침대를 끌어다 의사 앞에 놓아준다. 의사가 의료용 장갑을 낀다.

의사   자, 입을 크게 벌리고…….

간호사   큰소리로 아, 해 봐.

아기용   아!

의사   (앞니를 흔들어보며) 하나는 이제 시작이고……,

아기용   (인상을 쓰며) 아파요!

의사   어이구, 이건 많이 흔들리네.

간호사   그건 금방 뽑히겠어요.

의사   음, 많이 흔들리는 건 지금 뽑고, 또 하나는 기다려보자.

아기용   (겁먹으며) 어떻게…… 뽑아요?

의사   글쎄.

아기용   안 아프게…… 안 무섭게 뽑아 주세요!

의사   (끄덕끄덕) 음!

의사가 포셉(발치겸자)을 챙겨들고 가까이 오자 아기용이 소스라치게 놀란다.

아기용   악! 싫어 싫어. 무서워!

간호사   하나도 안 아파.

아기용   싫어!

간호사   잠깐만 참으면 돼.

아기용   (벌떡 일어서며) 싫어. 난 무섭다구.

의사가 잠깐 생각에 잠긴다.

의사 그럼…… (치실을 보여주며) 이건 어떠니?

아기용 그게 뭐예요?

간호사 이빨 사이에 음식물이 끼었을 때 빼내는 치실인데…….

아기용 그건 안 아파요?

의사 (끄덕끄덕)

간호사 나도 엄마가 집에서 실로 뽑아주셨어.

아기용 집에서 뽑을 수도 있어요?

간호사 너처럼 많이 흔들릴 때 실로 묶어서…….

아기용 안 아팠어요?

간호사 하나도 안 아팠어.

아기용 그럼 나도…… 그걸로…….

의사 아 하고…….

아기용 아…….

의사 (이빨에 실을 걸면서) 아기용아, 원숭이에게 똥침을 놓으니까,
원숭이가 어떻게 했니?

아기용 (신이 나서) 하하하, 깜짝 놀라서 나무 위로 올라 갔어요.

의사 그리고?

아기용 바나나를 따더니 휙 던졌어요.

간호사 저런!

아기용 (손짓발짓까지 해가면서) 내 동생이 껍질을 까서 바닥에
버렸는데…… 늑대가 막 뛰어가다가 밟아서 미끌…… 훌러덩……
(의사가 이마에 손을 대는 데도 모르면서) 넘어졌어요. 하하하하!

의사가 아기용의 이마를 탁 치자 실 끝에 아기용의 커다란 앞니가 딸려 나
온다. 아기용은 신나게 이야기하느라고 전혀 모르고 있다.

의사   (빠진 이빨을 아기용에게 들어 보이며) 자, 이게

          네 이빨이다.
아기용   (어리둥절하여) 내 이빨?

간호사가 아기용에게 솜을 물려준다.

간호사   만져 봐.
아기용   (손바닥에 이빨을 받으면서) 신기하다!
간호사   그걸 어떻게 보낼래?
아기용   보내요? 어디로?
간호사   치아요정에게 보내면 새 이를 준대.
아기용   정말?
의사   우리 땐 지붕 위로 휙 던졌단다.
간호사   그럼 까치가 와서 물고 갔어요?
의사   하하!
아기용   난…… 음…… (두 손을 들고 구름이 둥실둥실 떠가는 흉내를 내며).

          구름 위에 얹을래요.
간호사   구름은 너무 높아!
아기용   응? (사이) 그럼…… (두 팔을 옆으로 벌려 비행기가 날아가는

흉내를 내며) 바람한테 부탁할까?

간호사   그러지 말고…….

아기용   응?

간호사   까치를 부르자!

아기용   까치?

의사   우리도 까치를 불렀지. 까치야 까치야 헌 이 줄게

          새 이 다오, 하면서…….

간호사   까치야, 까치야. 치아요정 까치야

          헌 이빨 가져가고 새 이빨 다오!

          빠진 자리에서 새 이빨이 돋으면

          깨끗이 닦아서 튼튼하게 쓸게.

아기용   까치야, 까치야. 치아요정 까치야

          헌 이빨 줄 테니 새 이빨 다오!

          밥 먹고 치카치카 과자 먹고 치카치카

          할머니 될 때까지 튼튼하게 쓸게.

간호사   까치야, 까치야!

아기용   내 이빨 가져가!

    모형으로 만든 까치가 날아와서 병원 안을 한 바퀴 돈다.

간호사   까치야, 안녕?

아기용   자, 여기…….

까치가 아기용 앞으로 날아와서 이빨을 물고 간다.

아기용   와아, 신난다! 이제 치아요정이 새 이빨 갖다 주겠지?
간호사   축하한다.

누군가 문을 두드리는 소리, 콰앙 열고 수선스럽게 들어오는 소리가 들린다. 머리부터 턱까지 붕대로 감은 어른곰이 한 손을 턱에 댄 채 끙끙거리며 들어선다.

간호사   아저씨, 어서 오세요!
어른곰   (끄덕끄덕)
의사   (어른곰을 부축하며) 많이 아프세요?
어른곰   (눈을 이리저리 부라리며) 웅얼웅얼!
아기용   아저씨도 이 뽑으러 오셨어요?
어른곰   (무서운 눈으로 아기용을 보며 도리도리)
의사   이쪽으로 오세요.

의사와 간호사가 어른곰을 부축하여 의자에 앉히고 머리에서 붕대를 푼다.

어른곰   (신음소리)
의사   턱이 많이 부었네요.
어른곰   (눈을 이리저리 굴리며 끄덕끄덕)
간호사   아저씨, 크게 아 하세요!

어른곰   (인상 쓰며) 도리도리.

의사   입을 벌리세요. 약 드릴게요.

간호사   우리 선생님이 만드신 약이에요. 안 아파 약!!

어른곰   (다람쥐를 보며 고개를 끄덕끄덕, 입을 조금씩 벌린다.)

의사   (같이 끄덕이며) 조금 더요.

어른곰   (불안해서) 아~.

의사   조금만 더!

어른곰   끄응~.

　　　곰이 억지로 입을 벌리자 의사가 치경을 넣어 입안을 살펴본다.

의사   저런, 많이 아프셨겠네요.

아기용   (간호사에게 작은 소리로) 왜요?

간호사   이가 안으로 자꾸 썩으면…….

아기용   썩으면?

간호사   신경을 건드리거든.

아기용   (인상 쓰며) 으, 아프겠다.

간호사   그러니까 조금 썩었을 때 얼른 치료를 받아야 해.

아기용   근데 왜 저렇게 늦게 오셨어요?

간호사   후후후~.

아기용   혹시 무, 서, 워, 서?

간호사   하하하~.

아기용   어른도 병원이 무서워요? 하하하, 우습다!

의사   썩은 이가 하나, 둘, 셋…… 그중 두 개는 많이 썩었어요.

         많이 아팠을 텐데 어떻게 참으셨어요?

어른곰   무서워서…….

아기용   안 무서워요. (이 빠진 곳을 보이면서)

         저도 뺐는데 하나도 안 아팠어요.

의사   이는 조금 섞었을 때 빨리 치료를 해야 합니다. 그대로 놔두면

         자꾸 썩어서 이렇게 신경까지 건들지요.

　　어른곰이 입을 벌리자 간호사가 약이 묻은 솜뭉치를 핀셋으로 잡아 입안에
넣어준다.

간호사   아저씨, 입을 꼭 다물고 좀 기다리셔요! 우리

         선생님이 연구하신 안 아파 약이에요.

어른곰   (끄덕이며) 으응!

아기용   아저씨는 언제부터 이가 썩었어요?

어른곰   (도리도리)

아기용   어렸을 때 단 것을 많이 드셨지요?

어른곰   (수선스럽게 손사래를 친다. 어눌한 목소리로)

         아냐. 아닐 거야!

아기용   근데 왜 그렇게 많이 썩었어요?

어른곰   (심통 맞게) 몰라!

의사	(빙긋 웃으며) 곰아저씨, 어린시절을 좀 볼까요?
어른곰	어린시절? 그걸 볼 수 있어?
아기용	어떻게요, 선생님?
간호사	(거울을 가리키며) 저기…… 요술거울이야.
아기용	(어리둥절하며) 요술거울? 백설공주네처럼?
간호사	응!

아기용이 얼른 거울 앞으로 가서 예쁜척하며 백설공주네 새엄마 흉내를 낸다.

아기용	거울아, 거울아. 이 세상에서 누가 제일 착하니?
거울	(잠잠하다)
아기용	왜 대답이 없니? 아기용이 제일 착하다고 말해 봐.
모두	하하하하~.
의사	그건 어린시절을 보여주는 거울이란다.
아기용	선생님이 만드셨어요?
의사	(빙그레)
아기용	와아!!
어른곰	(무겁게 일어서며) 좋아, 나도 궁금한 걸.
간호사	이쪽으로 오세요!

　　어른곰이 거울 앞으로 가서 머리도 만지고 옷매무새도 고친다. 이가 아픈 흉내를 어리버리 춤으로 잠시 추다가…….

어른곰   거울아, 거울아. 요술 거울아. 내 어린 시절을 보여다오.
         스르렁 스르르 얍!

  거울이 흔들리다가 불빛을 내뿜더니 무대에 불이 나간다. 불이 켜지자 가정집 거실 소파에서 아기곰이 텔레비전을 보며 앉아 연신 과자를 먹고 있는 장면이다.

아기곰   역시 과자는 맛있어. 냠냠~~ 얌냠~~ (아기곰이
         텔레비전에 정신 팔며 과자를 먹다가 과자가 손에 안 잡히자
         봉투를 뒤짚어 본다.) 에이, 벌써 다 먹었네. 또 뭐가 없을까?
         (사이) 아차, 어제 먹던…… (부엌으로 달려가 커다란 새알 초콜릿
         봉지를 들고 온다. 거실에 서서 새알을 하나씩 공중으로 던져 받아
         먹는다. 하나가 바닥으로 떨어져 굴러간다.)
         내 초콜릿…… 찾아야 해, 찾아야 해!
         (소파 아래서 초콜릿을 찾더니) 만세, 찾았다.
         내 초콜릿! (얼른 입에 넣고) 얌냠!

  천사가 하얗고 긴 창을 들고 나타난다. 그러나 아기곰 눈에는 보이지 않는다.

천사   아기야, 그만!

어른곰   (봉지를 들여다보며) 뭐야, 벌써 다 먹었잖아.
         에잇! (봉지를 마구 구겨서 쓰레기통에 넣으며) 이젠 뭘 먹을까?

엄마가 안 계실 때 더 먹어야지.

(부엌으로 가서 냉장고를 뒤지다가 아이스크림을 꺼낸다.)

얏호, 만세!

천사　　아이스크림은 내일 먹자.

악마가 검은 옷을 입고 역시 긴 창을 들고 나타난다.

악마　　아니야, 더 먹어!

아기곰이 망설이며 서있다.

천사　　(아이스크림 통을 뺐으며) 그만!

악마　　(아이스크림 통을 밀어주며) 빨리 먹어!

아기곰　　(어리둥절) 내가 왜 이러지? (두리번) 여기 누가 있어요?

천사, 악마　암, 있고말고…….

악마　　나는야 충치, 입안에서 사는 악마

　　　　먹다 남은 찌꺼기를 좋아하는 충치

　　　　이빨 사이를 다니며 으싸 으싸! 맛있게

　　　　파먹는 충치! 으하하하~~~ 신난다!

천사　　나는야 천사, 아이들 이빨을 걱정하는 천사

　　　　음식 먹고 이 안 닦는 사람 도와주어

　　　　깨끗하고 튼튼한 이 만들어서 건강하게 살게 하는

나는야 천사, 아이들의 수호천사.

천사가 아기곰 앞에 가서 눈동자를 보며 조용한 목소리로 말한다.

천사   단 것을 많이 먹으면 이가 썩는단다.
       그러니까…….
악마   아냐, 아냐! 괜찮아. 넌 지금 한창 자랄 때니까
       뭐든 많이 먹어야 해.
천사   (아이스크림 통을 잡아당기며) 차라리 우유를 마시자!
악마   (달려들며) 놔 둬. 애는 아이스크림을 먹고 싶어 하잖아.
천사   (곰에게) 아까 과자도 먹었지?
악마   겨우 한 봉지?
천사   초콜릿도 먹었지?
악마   어제 먹다 남은 거야.
천사   이건 내일 먹자.
악마   왜…… 도대체 왜…… 내 일을 방해하는 거냐?
천사   넌 나쁜 일만 하니까!
악마   이게!

   악마가 창을 들고 천사를 찌르려고 한다. 오락가락하다가 천사가 얼른 피
하면서 창으로 악마의 등을 내려치다가 창을 떨어드린다. 악마가 얼른 창을
주워들고 천사를 한 쪽에 몰아놓고 두 개의 창을 들어 천사를 위협한다.

악마	하하하하~~ 꼼짝 마!

　　악마가 아기곰에게 가자 천사가 천천히 우아한 동작으로 춤을 춘다.

악마	(아기곰에게 가서) 자, 아기곰아, 어서 먹어라!

　　아기곰이 아이스크림통을 열더니 마구마구 먹는다.

아기곰	아, 맛있다.

　　천사가 여전히 우아한 동작으로 춤을 추며 아기곰에게 다가가 속삭인다.

천사	아기곰아, 이빨을 생각해야지.
어른곰	(사이) 그만 먹을까?

　　아기곰이 잠시 멈추자 악마가 얼른 달려와 숟가락을 입에 대준다. 아기곰
이 잠시 망설이더니 다시 마구마구 먹기 시작한다.

악마	맛있지?
아기곰	응!
악마	옳지, 옳지! 다 먹어라.
천사	찬 것을 많이 먹으면 배탈이 나요!

악마　　　　괜찮아. 화장실 가서…… (응가 하는 흉내를 내며)

　　　　　　끙~~ 하면 돼. (하다가 방귀가 풍~~.)

천사　　　　(얼른 코를 쥐며) 으~ 저질! 나가! 빨리 안 나가?

악마　　　　어, 어, 어! 악마가 천사에게 쫓겨나는 법도 있냐?

천사　　　　너 같은 저질은 쫓겨나도 괜찮아!

아기곰　　　(아이스크림통 안을 들여다보며) 응? 벌써 다 먹었네.

악마　　　　(박수) 잘했어. 이제 그만 자야지!

천사　　　　안 돼!

아기곰　　　아함, 졸려라!

　　아기곰이 소파에 앉은 채로 꾸벅꾸벅 존다. 천사가 아기곰 주위를 돌면서
노래를 부른다.

천사　　　　곰아, 아기곰아. 빨리 가서 이를 닦아라.

　　　　　　치카치카 추키추키 초키초키

　　　　　　이를 닦아서 나쁜 벌레를 물리치자.

　　　　　　치카치카 추키추키 초키초키

　　　　　　3분 동안 닦자. 구석구석 닦자.

아기곰　　　(벌떡 일어서며) 참, 엄마가 음식을 먹은 후엔 꼭

　　　　　　이를 닦으라고 하셨는데…….

　　악마가 천사의 손목을 잡아서 다시 구석으로 보내고 아기곰 주변을 돌면서
노래한다.

악마　　　　괜찮아, 괜찮아. 안 닦아도 괜찮아.

　　　　　　추쿠추쿠 치킹치킹 처킹처킹

　　　　　　이를 닦는 건 귀찮지? 귀찮은 건 하기 싫지?

　　　　　　추쿠추쿠 치킹치킹 처킹처킹

　　　　　　졸리울 땐 자야지. 푹 자거라, 쿨쿨.

　　악마의 노래가 끝나자 아기곰이 소파에 눕는다.

아기곰　　　에이, 귀찮아.

악마　　　　잘한다, 잘해!

아기곰　　　(기지개를 켜며) 아함!

악마　　　　어서 자거라! 크크크.

아기곰　　　쿨쿨.

악마　　　　으하하하~ 됐다, 됐어. 이제부터 내 차례다.

　　악마가 한 쪽 벽으로 가서 발로 걷어차니 큰 이빨 모형이 바닥으로 툭 떨어
진다. 객석에서 볼 때 음식을 씹는 부분이 보이는데 어금니가 섞어 있다.

악마　　　　(썩은 부분을 들여다보며) 흠~ 지난번엔 여길 먹었단 말씀이야.

천사   (아기곰을 가만가만 흔들면서) 아기곰아!

악마가 창으로 이를 찌르자 검은 먹물이 나와서 더 넓은 점을 찍는다.

악마   (창끝을 보면서) 좋아, 좋아! 음식 찌꺼기가 아주 많구나.
천사   (아기곰의 귀에 속삭인다) 일어나거라!
악마   (음식을 먹으면서) 음, 맛있다. 맛있어!
천사   이를 닦아야지!
악마   과자에 아이스크림에…… 그렇게 많이 먹었으니……
         덕택에 나도 먹을 게 많단 말이지.
천사   어서!

아기곰이 몸을 꿈틀거리다 눈을 부스스 뜨더니 소파에서 일어나 앉는다.

천사   빨리 양치하자!
악마   (양 손에 들고 있는 창으로 천사를 쫓으며) 꺼져!
천사   (창을 피하며) …….
악마   저 아이는 내꺼야. 내 것이라구.
천사   내꺼?
악마   입안에 내 먹이가 많잖아.
천사   아가, 칫솔을 가지러 가자.
악마   어림없는 소리. 자, 부엌으로 가서 음식을 더 먹어라.

사탕, 초콜릿, 아이스크림, 과자, 피자……

네가 좋아하는 것들이 많지? 어서 가자!!

아기곰　　아, 목말라. (부스스 일어서며) 콜라…….

악마　　으하하하~ 그렇지. 콜라, 콜라를 마시는 거야.

　아기곰이 부엌으로 간다. 악마가 따라 가며 박수를 치는데 천사가 아기곰
의 앞을 가로 막는다.

천사　　안 돼!

아기곰　　(잠시 주춤)

천사　　차라리 물을 마시렴!

악마　　물? 흥!

　아기곰이 냉장고를 열어서 물병을 꺼낸다!

천사　　그렇지.

악마　　(뺐으려하지만)

천사　　빨리 마셔! 물로 입안을 헹구는 거야.

　악마가 창을 들어 천사를 쫓는다.

악마　　물이 맛있냐? 콜라가 훨 맛있지?

아기곰이 잠시 생각하다가 물병을 도로 넣고 콜라 캔을 꺼낸다.

악마	옳지, 잘 한다.
아기곰	(단숨에 콜라를 마시며) 아, 시원하다!
악마	으하하하~ 말도 잘 듣네.
천사	아가야, 물도 좀 마셔라.
악마	안 돼!
천사	물로 콜라찌꺼기를 씻어내자.
악마	이제 얼른 자야지!

아기곰이 소파로 가서 눕자마자 잠이 든다.

| 천사 | (잠든 아기의 얼굴을 보며) 어떡하니? |
| 악마 | (연신 창끝의 찌꺼기들을 먹으며) 냠냠~. |

악마가 창으로 이빨을 쿡 쑤시자 한 부분이 뭉텅 떨어져 나온다.

| 천사 | (그걸 보며 한숨) 휴우~. |

| 악마 | 우하하하하~ 과자, 초콜릿, 콜라……. 맛있다, 맛있어! |

악마가 다시 여기저기를 찌르며 다닌다. 아기곰이 꿈틀하더니 일어나 앉

는다.

아기곰   (턱을 만지며) 음~.
악마   아프니? 미안하지만 난 아직 멀었는데…….

　　악마가 다시 이빨을 판다. 천사가 달려가 창을 뺏는다.

천사   그만해.
악마   싫어!
천사   왜 그렇게 아기곰을 괴롭히니?
악마   쟤는 괴롭혀도 돼.
천사   왜?
악마   게으르니까!
천사   아기곰이 게을러?
악마   (느물거리며) 과자를 먹고도 귀찮아서 이를 안 닦잖아요.
천사   …….
악마   이가 썩는 줄도 모르고 무조건 단 것만 찾잖아요.
천사   (안절부절)
악마   그리고 저렇게 잠만 자잖아요.
천사   (이마를 닦으며) 휴우~.
악마   저런 게으름뱅이는 치과에도 안 가요.

　　　　 무섭다고…… 하하하하.

천사   (아기곰을 보며) 휴우~.

악마   (우스꽝스럽고 이상한 춤을 추며) 게으름뱅이야 쿨쿨 자거라.
       입안엔 충치가 득실득실 이빨 사이의 음식 찌꺼기 먹으려고 충치는
       이리저리 다니며 얌냠 쩝쩝!

천사   (부드럽고 우아한 춤을 추면서) 아기야 벌떡 일어나
       칫솔을 가져오렴. 칫솔 위에 치약을 듬뿍 발라 위로 아래로
       부지런히 닦아서 입 안의 충치를 쫓아버리자!

아기곰   (입을 벌리더니 손으로 썩은 이를 만지며) 아파라~.

천사   (아기의 손을 잡으며) 치과 가자!

악마   (화들짝 놀라) 치과? 안 돼, 안 돼!

악마가 벌떡 일어나서 거친 춤을 춘다. 천사가 놀라 한쪽으로 비켜선다.

아기곰   (다시 얼 · 떨떨)

악마   가지 마, 가지 말라구!

어른곰이 주춤거리다 다시 눕는다. 악마가 얼른 모형이빨로 가서 다시 파
기 시작한다.

악마   이젠 새 이빨을 먹어야지. 새 이빨, 새 이빨!

창으로 새 이빨을 찌를수록 이빨에 검은 물이 묻는다.

악마   이렇게 새 이빨을 먹으면…… 처음엔 아픈 줄을 모르거든. 에잇!

천사   넌 참 잔인하구나.

악마   하하하하, 그러니까 충치지.

천사   (창을 잡으며) 제발 그만!

악마   놔! 여기도 먹고…… 저기도 먹고…….

　　악마가 여기저기를 자꾸 쑤셔대다가 제일 많이 썩은 이빨을 세게 푹 찌른다.

아기곰   (벌떡 일어서며) 악!

천사   (발을 동동 구르며) 아유, 어떡해?

아기곰   (펄펄 뛰며) 내 이빨~.

천사   빨리 치과로…….

아기곰   (허리를 구부리며) 엉엉

악마   울어도 소용없어.

　　여전히 창으로 여기저기를 찌르고 다닌다. 이빨 부스러기가 조금씩 떨어지면서 구멍이 자꾸 커진다.

천사   (곰을 일으켜 세우며) 빨리 가자!

아기곰   (일어서서) 엉엉, 치과는 싫어!

천사   놔두면 더 아파.

아기곰   내 약…….

어른곰이 부엌으로 가더니 서랍을 열어 약병을 꺼낸다.

천사 안 돼, 그건 진통제야.

악마 호, 진통제를 먹는단 말이지. 그거 잘 됐네. 어서 먹어라!!

악마가 싱글벙글 웃음 띤 얼굴로 곰을 따라다니며 박수를 친다. 어른곰이
뚜껑을 열고 알약을 꺼낸다.

아기곰 (두리번거리며) 물!

천사가 칫솔을 들고 나와 노래를 부른다!

천사 이를 닦자, 하루 세 번 이상 밥을 먹은 후에,
    간식을 먹은 후에 위에서 아래로 아래에서 위로.
    삼 분 이상 닦아보자. 깨끗이 닦자.
    치카치카 추키추키 소리에 맞춰 재미있게
    닦아보자, 깨끗이 닦자.

천사의 노래가 끝나자 아기곰이 약병을 들고 망설인다. 천사가 아기곰 옆
으로 가서 부드럽게 속삭인다.

천사 아기야, 칫솔을 받으렴.

악마   (막아서며) 안 돼.

천사   자, 어서!

아기곰이 망설이다가 천천히 천사에게 다가간다.

악마   멈춰!

아기곰이 칫솔을 받아들고 모형 이빨로 가서 천사가 부른 노래를 흥얼거리며 이를 닦는다.

아기곰   이를 닦자, 하루 세 번 이상 밥을 먹은 후에,
           간식을 먹은 후에 위에서 아래로 아래에서 위로
           삼 분 이상 닦아보자. 깨끗이 닦자.
           치카치카 추키추키 소리에 맞춰 재미있게
           닦아보자, 깨끗이 닦자.
악마   (비틀거리며) 그, 그만!

악마가 주위를 빙빙 돌다가 점점 힘이 약해져서 쓰러진다. 비가 내리는 소리, 천둥소리! 불이 꺼졌다 켜지며 현재의 무대로 돌아간다. 여전히 비가 내리는 소리!

의사   (밖을 보며) 비가 많이 오네. 이런 날은 환자가 없으니까!

대청소를 하면 어떨까?

간호사　　네, 선생님. 기구들도 소독 할게요!

의사　　　그럼 나는…… 뭘 할까?

문 열리는 소리, 발자국 소리, 염소할아버지가 지팡이를 짚고 들어온다.

간호사　　(얼른 다가가서 부축하며) 어서 오세요, 할아버지.

의사　　　(부축하며) 어이구, 어서 오세요. 어르신! 이렇게

　　　　　비가 많이 오는데 어떻게 나오셨어요?

염소　　　(입을 벌리며) 틀니 때문에…….

염소를 의자에 앉힌다. 간호사가 턱받이를 대준다.

의사　　　틀니가 왜요?

염소　　　사라졌어.

간호사　　네?

염소　　　아, 글쎄…… 손자 녀석들이…….

의사　　　갖고 놀다가 잃어버렸군요.

염소　　　양치할 때 잠깐 빼놓고는 깜빡했지 뭐야.

의사　　　자, 아 하시고…….

염소　　　아~~.

간호사　　틀니는 할아버지 치아인데 손자가 할아버지

치아를 갖고 논 셈이네요.

염소   (입을 벌린 채로 고개 끄덕끄덕) 응~.

의사   (살피며) 잇몸이 건강하셔서 다행입니다.

염소   흐흐~.

간호사   할아버지, 틀니…… 많이 불편하지요?

염소   말도 마. 잇몸도 아프고 음식도 잘 안 씹혀!

           그래서 고 쫄깃~ 쫄깃하고 맛있는 낙지볶음도 못 먹고……

           어휴~ 고 쫀득쫀득하고 달콤한 호박엿도 못 먹잖아.

간호사   할아버지는 어쩌다 앞니를 잃으셨어요?

염소   어렸을 때 친구들과 계단을 막 뛰어 올라가다가…….

간호사   넘어지면서 계단에 부딪히셨군요.

염소   (손가락을 들어 보이며) 엥이, 그때 네 개나 빠졌어.

의사   특히 이렇게 비 오는 날은 더 조심해야 합니다.

           발이 미끄럽거든요.

염소   옛날 우리 조상님들도 말씀하셨어. 이가

           튼튼한 건 오복 중에 하나라구!

간호사   오복이라면…… 다섯 가지 복이요?

염소   그렇지.

간호사   그게 뭔데요?

염소   오복이란…… 첫째, 오래 사는 거. 둘째, 부~자로 사는 거.

           셋째, 몸도 마음도 아주 건~강하게 사는 거.

의사   넷째는 남에게 덕을 베푸는 거지요?

염소	그렇지!

간호사	다섯째는요?

염소	다섯째는 자기 수명만큼 사는 거!

간호사	아하, 건강하게 오래 사는 거요?

염소	암, 그렇고말고! 이가 튼튼해야 맛있는 것도 먹을 수 있고…….

간호사	맛있는 것을 잘 먹어야 건강해진다…….

	그런 말씀이지요?

염소	(머리를 쓰다듬으며) 아이구, 똑똑해라!

간호사	선생님, 할아버지가 임플란트를 하시면 어떨까요?

의사	잇몸이 건강하니까 가능하지.

염소	임플란트? 그게 뭔데?

의사	이를 똑같이 만들어서 턱뼈에 심는 건데…… 보실래요?

큰 틀니 모형과 임플란트의 이빨 모형을 들고 직접 보여주며 설명한다.

의사	틀니는 이렇게 통째로 만들어서 이가 없는 부분에 넣지요?

염소	그렇지!

의사	임플란트는 이렇게 하나하나를 따로 잇몸 안의

	턱뼈에 심는 거예요.

염소	그럼…… 내 이빨하고 똑같은 거네.

의사	네, 그렇지요!

염소	그 임플…….

간호사	임플란트요, 할아버지!

염소	그거…… 안 아파?
의사	네!
염소	그거하면 매운 낙지볶음도 (침을 꿀꺽 삼키며) 먹을 수 있어?
의사	네!
염소	(의자에서 내려와 지팡이를 들며) 그거하면 틀니처럼
	잇몸이 안 아파?
의사	하하하~~ 네!
염소	(지팡이로 다람쥐를 때리며) 에끼!
간호사	(놀라서 지팡이를 잡으며) 할아버지, 왜 이러세요?
염소	그걸 왜 이제야 일러 줘?
의사	네?
염소	진작 알려줬으면 우리 손자 생일날 맛있는
	인절미도 먹고 오징어도 먹었을 거 아냐?
	(다시 지팡이를 들며)
의사	(피하며) 그건 요즘 나온 방법이거든요!

염소가 의사를 쫓아가며 지팡이를 들어서 치려는 순간 행동이 정지되며 불이 꺼졌다 다시 들어온다.

염소	(대사처럼 랩으로)
	이를 닦기 전에 세면대 앞에 서서
	하하하하 웃으며 입안을 살펴보자.

음식찌꺼기를 파먹는 충치는 없을까?

42.   칫솔에 치약을 꾹 눌러 짜서 하루 3번

음식 먹은 후 3분 이내, 3분 동안 닦자.

치카치카 추키추키 꼭 기억하자 3, 3, 3!

모두   (염소의 랩을 이어서 노래로)

3, 3, 3! 3, 3, 3!

이를 닦자, 하루 세 번 이상

밥을 먹은 후에, 간식을 먹은 후에

위에서 아래로 아래에서 위로

삼 분 이상 닦아보자. 깨끗이 닦자.

치카치카 추키추키 소리 맞춰서

재미있게 닦아보자, 깨끗이 닦자.   (끝)

1. 작품의도

초등학교에는 해마다 치과의사가 와서 구강검사를 합니다. 제가 처음 발령을 받고 일선 학교에 나갔을 때는 충치를 갖고 있는 아이들이 한 반에 몇 명 안 되었어요. 물론 충치의 강도도 미약해서 당장 치료를 받거나 하지 않고 '그저 열심히 이를 닦아라!' 하는 정도의 처방을 내렸습니다.

그런데 어느 해 부터인가 충치보유자 수가 점점 더 많아지더니 지금은 거의 대부분의 아이들이 충치를 갖고 있습니다. 더구나 거의 치아를 씌우거나 뽑아야 할 정도로 심하게 충치를 잃고 있어서 이 어린이들이 어른이 되거나 노인이 되었을 때를 생각하면 심각한 사회문제가 아닐 수 없다는 생각이 저절로 듭니다.

해마다 충치가 늘어나는 요인으로는 물론 그 첫째가 먹을거리에 있습니다. 부드럽고 달콤한 과자, 시원하고 단 아이스크림, 콜라, 사이다, 유산균 음료를 간편하게 먹을 수 있는 라면, 피자, 햄버거 등등 음식들이 뼈 자체를 약하게 하거나 치아에 들러붙어 여간 잘 닦지 않으면 충치에 노출되기가 싶기 때문이겠지요.

그러나 충치예방에는 별로 교육적이지 못해서 매우 단편적인 교육에 머물고 있습니다. 하루에 세 번 식후 3분 내에 3분 동안 닦으라는 333요법을 전개하고 있지만, 그것도 아주 간단한 만화나 스티커입니다. 왜 그래야하는지 어떻게 하는 것이 더 효과적인 것인지에 대해서는 어린이 입장에서 알기 쉽게 입체적으로 제작된 교육 자료는 극히 드문 것이 지금의 현실입니다.

이 작품의 의도는 무대 한쪽에 아주 커다란 치아 모형을 설치하여 충치가 치아를 갉아먹는 과정을 단계적으로 보여주면서 충치가 어떻게 생기며 어떻게 이를 갉아먹고 그 결과가 어떤지를 선명하게 알려주어 어린이들의 충치에 대한 올바른 이해와 실천을 돕기 위함에 있습니다.

또한 등장인물을 어린이들이 좋아하는 동물로 의인화시켜 치과에 대한 친근감을 주도록 하였습니다.

2. 작품의 특징

충치에 대한 지금까지의 교육 자료는 간단한 책이거나 만화, 사람이 잠깐 시범을 보이는 정도였습니다. 책이나 만화는 평면적이어서 어린이의 특성상 흘려버리기가 쉽고 사람이 보이는 시범은 대부분 어른들이 나와 어른의 입장에서 설명을 하니 집중력이 없는 어린이 입장에서는 잠깐 딴짓하는 사이에 지나가 버리기 십상입니다.

더구나 지금까지 십 수 년이 지나도록 새로운 교육 자료를 개발하지 못하여 똑같은 방법을 쓰고 있어 지루하기 짝이 없습니다. 이래저래 결국 교육효과가 크다고 볼 수는 없겠지요.

이 작품에서는 한 쪽 무대에 커다란 치아 모형을 설치하여 필요에 따라 세우거나 눕힐 수 있도록 합니다. 병호가 음식을 먹을 때 마다 충치가 붓을 들고 나와서 치아의 부분, 부분을 까맣게 칠해가며 실제로 충치가 먹어가는 과정을 보여줍니다. 더 깊이 들어갈 때는 삽을 들고 나와서 보여주는 식으로 실제 상황과 가깝도록 보여줍니다.

흰 옷을 입은 병호의 의식을 등장시켜 충치와의 갈등을 보여주어 어린이들의 시선을 지루하지 않게 끌어가며 자연스럽게 공감대를 형성하도록 하여 오래 기억하고 쉽게 실천할 수 있는 방법을 보여주는 것이 이 작품의 특징입니다.

3. 배역의 인물소개

순위	인물	배역
1	의 사	동물병원의 치과의사, 새로운 약을 개발하여 아프지 않게 치료하는 친절한 의사! 어린 시절의 구강관리 상태를 보여주는 신비한 거울을 발명하여 어른곰의 어린 시절을 보여준다.
2	아기용	유치가 흔들리는 것을 보고 이빨 빠지는 병에 걸린 것으로 오해하여 밥을 굶다가 결국 치카추카 동물병원으로 온다. 젖니를 빼서 이빨요정에게로 보낸다.
3	곰	어른곰이 충치로 고생하다 치과를 찾아온다. 요술 거울을 통해서 어린 시절을 보게 된다. 단 음식을 매우 좋아했지만 이 닦는 것을 매우 귀찮아해서 어른이 되어서도 고생하고 있다.

4	천 사	아기곰에게 음식을 먹은 후 빨리 이를 닦으라고 권한다.
5	악 마	아기곰의 이빨 안에서 살고 있는 충치, 천사와 대립하여 아기곰이 단 것을 많이 먹도록 종용하고 대신 이빨을 파먹는 악마이다.
6	염 소	틀니를 사용하는 할아버지, 어린 시절에 계단에서 넘어져 앞니를 네 개나 잃었다. 틀니를 잃어버려서 병원을 찾았다가 임플란트 시술법을 알게 된다.
7	간호사	병원에서 근무하는 친절한 간호사이다.

4. 장면별 구성

순위	무 대	장 면
1	무대 한쪽에 치과용 의자가 놓여있고 그 옆에 도구들을 올려놓은 받침대가 있다. 벽엔 거울이 걸려있고 한쪽에는 소파가 놓여있다.	의사가 신문을 읽고 있고 간호사는 도구들을 소독 하고 있는데 갑자기 문이 쾅 열린다. 아기용이 음식을 안 먹고 있다가 졸도한 것이다. 유치가 흔들리는 것을 보고 이빨이 모두 빠질 것이라 예상한 아기용이 의사의 도움으로 이빨을 뺀 후 까치를 불러 그것을 이빨요정에게 보낸다.

| 2 | 여전히 병원 | 문이 다급히 열리며 턱이 퉁퉁 부운 어른곰이 들어선다. 엄살이 심하여 아픈 곳을 만지지도 못하게 하지만 의사가 개발한 안아파 약 덕에 통증을 가라 앉힌다.
어린시절의 치아관리 상태를 보여주는 요술거울을 통해 자신의 어린 시절을 보게 된다. |
| 3 | 불이 꺼졌다 켜지면 아기곰네 거실이다. 한 쪽은 소파가 있는 거실이고 다른 한 쪽은 부엌이다.
벽에는 모형 치아가 숨겨져 있다. | 요술거울을 통해 어른곰의 어린 시절로 돌아간다.
아기곰은 엄마가 안 계신 때를 이용하여 단 것들을 마구 먹는다. 아기곰에게는 보이지 않는 천사가 나와서 만류하지만 충치인 악마가 나와서 부추기는 바람에 전혀 소용이 없다. 과자와 초콜릿을 먹고 잠이 든 아기곰의 이를 마구 파먹는 충치, 아기곰이 목이 마르다며 다시 콜라를 마시자 신이 났다. 충치가 파먹을수록 뭉텅 빠져서 떨어지는 치아! 결국 너무 아파서 치과에 가려다가 그것도 귀찮아 진통제를 먹으려 했지만 결국 천사의 뜻대로 양치를 해서 충치를 물리친다. |

4 다시 병원	비오는 날, 틀니를 잃어버린
	염소할아버지가 급하게 들어선다.
	어린 시절 계단에서 넘어져
	앞니를 네 개나 잃었다. 틀니 대신
	임플란트가 매우 효과적인 시술 방법임을
	알고 그것을 늦게 알려준 의사에게
	화를 낸다.

5. 줄거리

여기는 치카추카 동물병원입니다. 아기용이 유치가 흔들리는 것을 보고 이빨이 모두 빠지는 병에 걸린 줄 알고 음식을 거부하다가 동물병원 앞에서 쓰러집니다. 아기용의 상태를 점검한 의사는 치료기기를 무서워하는 아기용에게 치실을 이용하여 흔들리는 유치를 빼서 까치를 통해 이빨요정에게로 보냅니다.

문이 거칠게 열리며 치통으로 고생하는 어른곰이 턱과 머리를 온통 붕대로 감고 나타납니다. 어른이지만 치과를 무서워하는 곰에게 의사가 개발한 안 아파 치료약으로 일단 통증을 가라앉힙니다.

통증이 사라진 어른곰은 자신이 어린 시절에 어떻게 치아를 관리했는지 보기위해 요술거울을 통해 어린 시절로 돌아갑니다.

단 것을 좋아하는 아기곰은 엄마가 안 계실 때를 이용하여 과자, 초콜릿 등을 먹고 잠이 듭니다. 천사가 나타나서 이를 닦자고 권하지만 귀찮아서 못들은 척하고 있을 때 충치인 악마가 나타납니다. 악마는 신이 나서 아기곰의 이를 파먹습니다. 천사는 부지런히 다니며 악마를 막고 아기곰에게 이를 관리하라고 시키지만 여전히 아기곰은 귀찮기만 합니다.

아기곰이 콜라를 마시고 다시 잠이 들자 더욱 신이 난 악마, 뾰족한 창으로 아기곰의 이를 마구 파먹다가 그만 신경을 건드렸습니다. 치통으로 잠이 깬 아기곰, 그래도 치과에 가기 싫어서 진통제를 먹으려하지만 결국 천사의 말을 듣고 양치를 함으로써 악마를 물리칩니다.

다시 병원입니다. 비가 오는데 할아버지 염소가 병원에 오셨습니다, 양치하려고 빼놓은 틀니를 깜빡한 사이에 손자가 갖고 놀다가 잃었기 때문입니다. 할아버지는 어린 시절에 계단에서 넘어져 앞니를 네 개나 잃었습니다.

틀니가 너무 불편하다고 이야기하다가 간호사의 제안으로 임플란트 시술법을 알게 됩니다. 임플란트는 정상적인 치아와 쓰임이 같다는 것을 알고 염소는 이제야 알려줬다며 의사에게 화풀이를 하려 합니다.

염소할아버지의 랩송과 의사, 간호사의 3, 3, 3요법에 대한 노래로 막이 내립니다.

하륵 이야기

공연창작집단 뛰다

배요섭

연극이 시작되면 악사장이 등장하여 무대 위를 정리한다.

악사장의 악기를 조율하고 있을 때 다른 악사들이 등장한다. 악사장은 악사들을 정렬시키고 악사들은 관객들에게 한 명씩 인사를 한다.

관객의 박수에 멋진 즉흥연주로 화답한다.

연주를 마치고 '하륵이야기' 공연의 시작을 알린다.

악사들이 악기들은 정돈하고 있는 동안 두 명의 악사는 무대 위에 남아서 공연을 준비한다.

옷을 입고 가면을 쓰는 순간 이야기는 시작된다. 나머지 악사들은 무대 한쪽 자리에 앉아서 해설도 하고 음악도 연주하고 여러 가지 필요한 소리도 만들어 준다.

1. #1. 노부부의 소원

해설   옛날 아주 먼 옛날에. 어느 깊은 산골 오두막집에
할아버지와 할머니가 살고 있었습니다. 찾아오는 사람도 없고
자식들도 없어서 이들은 아주 외로웠습니다.

할아버지가 자리에 앉는다. 신문을 든다.
할머니가 자리에 앉아서 뜨개질을 시작한다.

해설   할아버지는 몇 년 전 지나가던 나그네에게서 얻은 신문을 보고
또 보고 할머니는 털옷을 짰다가 풀었다가 짰다가 풀었다가
그러면서 시간을 보냈습니다.

할아버지   (신문을 읽는다) 신간 소개. "그림자란 무엇인가."
그림자는 산소와 같은 공기로 되어있다. 그러나 이산화탄소와 같은
검은 산소이다. 그렇다 이산화탄소는 까만색이므로 그것이 바로 그
림자가 되는 것이다. 그렇다면 그림자는 밤이 되면 왜 사라지는가.
그것은 식물이 이산화탄소를 다 먹어버리기 때문이다.[1]
이 책은 …….
할머니   이 책은 그림자의 생성과 소멸, 사랑과 이별, 억압과 투쟁에 대한
역사를 섬세하고도 화려한 필치로 그려내고 있으며, 출간된 지

---

1) 이 글은 Reggio Children Sri 저/오문자 역. "개미 빼고는 모든 것에 그림자가 있어요" 책 속
에 엘리사(6세)가 그림자가 무엇인가라는 질문에 대해 쓴 답변을 그대로 인용한 것입니다.

사흘 만에 전 세계적으로 이천삼백칠십구만 팔천 부가 팔린 초대형
액션블록버스터 판타지 러브 로망이다.

벌써 십 년째 듣는 소리잖아요.

할아버지   …….

할머니   이번에는 모자 달린 스웨터로 짜줄까요?

할아버지   그건 벌써 세 벌이나 있어요.

할머니   빨간색은 없지요?

할아버지   다 빨간색이지.

할머니   모자 짜줄까요? 빨간색 털모자.

할아버지   난 모자 못쓰잖아요. 머리가 이래서.

할머니   그럼 양말 짜 줄까요? 발가락 털실 양말, 무좀에 좋대요.

          아니다. 목도리 짜줄까요? 일곱 색깔 무지개 목도리?

          아니야, 아니야. 그것도 있어.

          그럼. 장감! 장갑 어때요. 벙어리장갑.

할아버지   이 나이에 어떻게 벙어리장갑을 껴요?

          그건 애들이나 끼는 거지.

할머니   한숨을 쉬며 쓰러진다.

할아버지   왜 또 그래요.

          알았어요. 장갑을 낄게요. 장갑을 짜 봐요.

할머니   그래요, 애들이요! 우리한텐 애들이 없잖아요.

          자식 하나만 갖게 해 달라고, 벌써 오십년 째 빌고 있는데……

나무님도 무심하시지. 아이는커녕, 강아지 한 마리도 없잖아요.

할아버지　걱정하지 말아요. 나무님도 언젠간 우리 소원을

　　　　　들어주실 날이 오겠지.

할머니와 할아버지는 마치 늑대처럼 하늘을 향해 외로운 울음을 운다.

할아버지　우리 나무님에게 기도드리러 갑시다.

할머니　　그럴 라우?

할머니 할아버지는 나무에게 기도하러 뒤뜰로 간다.

악사들 둘이 함께 무대를 돌며 공간을 만들어 준다.

두 악사는 무대 뒤로 들어가 커다란 나무 그림자를 만들어 준다.

해설　　　이 날도 할아버지와 할머니는 나무님께 기도를

　　　　　드리고 있었습니다.

　　　　　그런데 어디선가 이상한 소리가 들리는 것이었습니다.

기도를 시작하고 얼마 지나지 않아서 윙윙거리는 이상한 소리가 들린다.

할머니와 할아버지는 무서워 떤다.

할머니　　영감, 지금 무슨 소리 났지요?

할아버지　나무님이 화나신 것 같아.

할머니   영감 뭐 잘못한 거 있어요?

할아버지   없어, 없어.

소리   할멈! 할아범! 그대들의 정성이 갸륵하여 소원을
        들어주겠다.

작은 알 같은 것이 나무에게서 굴러 나온다.
할아버지와 할머니는 그 알을 조심스럽게 들고 가만히 귀를 대본다.
알속에서 나는 소리에 그만 놀라서 알을 떨어뜨릴 뻔 한다. 바로 그때.

소리   그 알을 품으면 아이가 하나 생길 것이다.

할머니 할아버지   좋아한다. 조심스럽게

소리   하지만! 한 가지 약속을 해야 한다.
        아이는 이슬만 먹어야지, 다른 것을 먹어서는 절대로 안 된다.

노부부는 두려움에 떨며 나무에게 절을 한다.
나무가 사라진다.
노부부는 정신을 차리고 떨어진 알을 바라본다. 기쁜 듯.

할머니   드디어 우리에게도 아이가 생겼어요.

무대 뒤로 들어간 악사들이 나와서 할아버지 할머니와 함께 기쁨의 춤을 추
고 논다.

그러다가 갑자기 할아버지가 고민에 빠진다.

악사들은 다시 원래 자리로 돌아간다.

할아버지   그런데 이제 어떻게 해야 하지?

할머니   품어야죠.

할아버지   사람이 어떻게 알을 품어요?

할머니   이렇게 하면 되잖아요.

할머니가 알을 치마 속에 넣고 임산부 흉내를 낸다.

힘들다는 듯, 할아버지의 부축을 받으며 의자에 앉는다.

둘은 마치 젊은 신혼부부 같다.

할머니   자기, 나 딸기 먹고 싶다.

해설   할아버지와 할머니는 주책이었습니다.

할아버지와 할머니 다시 어떻게 알을 품어야 하는지 고민한다.

할아버지   아니예요. 이 알은 새알같이 생겼으니까 새처럼

            품어야 되요.

할머니   에이, 말도 안 돼. 사람이 어떻게 알을 품어요.

할아버지는 새처럼 알을 조심스럽게 깔고 앉는다.

잠시 후 할아버지의 엉덩이가 꿈틀거리며 소리가 난다.

할머니　　나오려나 봐요. 계속해요. 계속해.

할아버지는 괴로운 듯, 혹은 간지러운 듯, 긴 비명을 지른다. 마치 늑대처럼.

쓰러진다. 알에서 하륵이 튀어나온다.

할아버지와 할머니는 이상하게 생긴 하륵을 신기하게 바라본다.

하륵　　　하…… 르!

할머니　　하……?

하륵　　　하르르르를!

할머니/할아버지　　하르르르르?

하륵　　　하……륵!

할머니/할아버지　　아하……, 하륵!

할머니와 할아버지는 가면을 벗고 다른 악사들과 함께 하륵 탄생을 기뻐하는 춤을 춘다.

다시 두 악사는 할머니와 할아버지 가면을 쓰고 다음 장면을 준비한다.

2. #2. 하륵의 언어 학습기(學習記)

해설   할머니와 할아버지에게 드디어 아이가 생겼습니다.

더 이상 외로워 슬퍼하는 일도 없었습니다.

할머니와 할아버지는 하록에게 날마다 새로운

말을 가르쳐 주었습니다

할아버지   자, 이번엔 동물원으로 가볼까요

할머니   출발!

할머니와 할아버지가 신문지로 동물의 모양을 만들고 설명을 한다.

하록은 말의 억양과 장단음으로 그 단어를 따라하면서 말을 배운다.

때로는 먼저 동물의 이름을 맞추기도 한다.

악사들의 연주와 함께 말의 리듬을 살리며 노래하듯이.

1. 오징어

할머니가 오징어의 몸통을 들고 할아버지는 머리를 들고 맞추어 오징어를
완성한다.

할머니는 손가락으로 오징어의 다리 움직임을 보여준다.

할머니   바다에 사는 거예요.

할아버지   다리가 열 개 있지요.

오징……어.

하록   하르……윽!

할아버지   오징어!

하륵   하륵!

할아버지   그렇지. 오징어.

2. 공작

할아버지가 쪼그리고 앉아서 양팔을 날개처럼 움츠린다.

할머니가 접은 신문지를 펴서 공작의 꼬리를 만든다.

할머니   이 새는 아주 화려한 꼬리깃털을 가지고 있어요.

           공……작!

하륵   하……륵.

할머니   공작!

하륵   하륵!

할머니   그래 공작.

3. 코끼리

할머니가 단 위에 올라가 신문지를 길게 늘어뜨려 코끼리의 코를 만든다.

할아버지는 접은 신문지를 할머니 머리 뒤에서 펼쳐 코끼리의 귀가 되게 한다.

할아버지   아주 커다란 동물이에요.

           과자를 주면은 코로 받지요.

할머니   뿌우……!

하륵   하륵?

할머니   그렇지! 코끼리.

4. 모기

　할머니가 오징어 몸통으로 사용했던 신문을 말아서 할아버지 코앞에 대준다. 할아버지는 모기소리를 내면서 자고 있는 할머니 주위를 날다가 할머니를 찌른다.

　할머니는 손바닥을 마주쳐 모기를 잡는다.

하룩　　하룩!
할아버지　그래 모기!

5. 인어공주

　할머니는 옆으로 누워서 신문지로 두 다리를 감싼다.
　부채처럼 접은 신문지를 가슴 앞에 펼쳐 가슴을 가린다.
　할머니는 물고기처럼 꿈틀거린다.

할아버지　바닷속에 사는 사람.
하룩　　하르 하룩!
할아버지　그렇지!

6. 슈퍼맨

　할머니는 코끼리 코로 사용했던 신문을 펼쳐서 할아버지의 등 뒤에 달아준다. 할아버지는 자세를 잡고 슈퍼맨처럼 하늘 나는 시늉을 한다.

할머니   지구를 지키는 정의의 사나이!

할머니는 노래를 불러준다.
하륵! 맞춘다.

할머니   잘했다. 잘했어.
할아버지   이제 우리 하륵도 많이 늘었어요.
할머니   그럼요. 얼마나 똑똑한 아인데요.
하륵   하륵…… 하륵.
할아버지   뭐라고?
할머니   옛날 얘기해 달래요.
할아버지   그럼 해줘야지, 가만, 무슨 얘기를 해 줘야하나.

해설   할아버지는 아는 얘기가 하나 밖에 없었습니다.

할머니는 이야기 속의 떡장수 할머니 역할을 한다.
할아버지는 극 속으로 들어가서 호랑이 역할을 하기도 한다.
악사들이 장면 재현에 끼어들기도 하고 여러 가지 효과음들을 내준다.
하륵은 할아버지의 이야기도 듣고, 할머니의 장면 재현도 본다.

할아버지   옛날 아주 먼 옛날. 떡장수 할머니가 살고 있었어요.
          하루는 떡바구니를 머리에 이고 고갯길을 넘어가고 있었지요.

할머니가 뜨개질바구니를 머리에 이고 상자 위로 올라간다.

할아버지   그런데 갑자기 호랑이가 나타났어요.
하륵   하륵?
할아버지   그래요. 호랑이.

할아버지는 벌떡 일어나 호랑이 흉내를 내며 으르렁거린다.

할아버지   떡 하나 주면 안 잡아먹지.

할머니가 떡 대신에 털실을 호랑이에게 던진다. 할아버지는 털실을 받아
맹수처럼 사납게 먹는다. 하륵은 깜짝 놀라 벌벌 떤다.

할아버지   그래서 할머니는 어쩔 수 없이 떡을 하나 주었지요.
          다음 고개를 넘어가는데 또 호랑이가 나타났어요.
하륵   하륵 하륵?
할아버지   그래요 하륵이 하륵이요. 어흥!
     할머니는 무서워 떤다.
     하륵이 용기를 내어 끼어든다.

하륵   하륵 하륵 하륵?

할아버지   맞아요. 할머니는 또 떡을 하나 줬어요.

할아버지는 할머니가 내놓는 떡을 태연스럽게 받아먹는다.

할아버지   그리고 또 다음 고개를 넘는데 이번에는 하륵이
            하륵의 하륵을 다 하륵했어요.

이번에는 악사장이 호랑이가 되어 무대로 올라온다.
할머니는 두리번거리면서 뒷걸음치다가 호랑이를 만난다.
호랑이에게 떡 바구니를 모두 빼앗긴다.

할아버지   그리고는 '팔 하나 주면 하륵하지!'

악사장이 할머니의 팔을 뜯어먹는 시늉을 한다.
할머니는 한 쪽 팔이 부러진 듯 덜렁거리며 다시 길을 간다.
하륵은 무서워 벌벌 떤다.

하륵   하륵……

할아버지   다음 하륵에서 하륵이 하륵을 하륵하게 하륵 해버렸어요.

할아버지가 이번에는 더 적극적으로 호랑이가 되어서 할머니를 덮친다.

할아버지는 할머니의 몸을 물어뜯는다.

할머니의 옷 속에서 미리 준비해둔 빨간색 털실이 나온다.

할머니와 할아버지는 자신들의 장난에 푹 빠져서 깔깔거리며 웃는다.

무서워 떨고 있는 하륵을 보고는 장난을 멈춘다.

하륵   하륵! 하륵!

할머니   이제 하륵해야겠어요. 하륵이 하륵하다잖아요.

할아버지   그럼 하륵 해줘야지.

하륵이 무서워하자 할머니와 할아버지는 노래로 하륵을 달래준다.

노래는 누구나 잘 아는 노래로 하고, 모든 가사는 '하륵' 으로 부른다.

노래가 악사들의 연주로 이어지고 하륵과 할머니의 즐거운 한때가 사진 컷
처럼 지나간다.

#3. 약속이 깨지다

해설   할아버지와 할머니는 하륵과 사는 것이 참 즐겁고 행복했습니다.

            하륵은 하륵이라는 말 밖에는 하지 못했지만 할머니

            할아버지도 이젠 그 말을 아주 잘하게 되었습니다.

            날이 갈수록 하륵은 무럭무럭 자라났습니다.

하륵   하륵!

할머니   벌써 하륵이 됐네.

할아버지   그럼 하륵해야지.

할머니   하륵아! 하륵이다.

할아버지   어서 하륵을 해봐요.

할머니   벌써 새벽이슬 다 따다 났어요.

      할머니와 할아버지는 함께 식탁을 차린다.

      할머니가 하륵이 먹을 이슬을 식탁위에 올려놓는다.

      아래 대화는 밥상 차리며 나누는 시시콜콜한 잡담 같은 것이다.

할머니   자 우리 하륵이꺼.

할아버지   오늘은 어째 이슬이 덜 신선한 것 같아.

할머니   무슨 소리에요. 새벽같이 일어나서 따온 거예요.

할아버지   작아. 작아.

할머니   이슬이 원래 조금 맺히잖아요.

할아버지   좀 일찍 일어나면 되지.

할머니   일찍 일어났어요. 영감이 쿨쿨 자고 있을 때

           일어나서 온 산을 다니면서 이슬을 땄다구요.

           얼마나 돌아다녔는지 허리가 아파 죽겠구만.

할아버지   허리는 나도 아파요.

하록   하록!

할아버지   자 하록합시다.

       할아버지가 하록 기도를 한다.

할아버지   뒤뜰에 계신 하록! 오늘도 하록을 하록해 주셔서

           하록 하나이다.

           하록이 하록이니 하록을 하록해서…….

    할머니와 할아버지 틈에서 기도하던 하록은 조용히 일어난다. 악사 석에
있던 두 악사들이 하록고 함께 외롭게 달빛을 바라보며 걷는다.
    그리고, 걱정스러운 듯이 먼 하늘을 본다.

하록   아, 나는 누구일까.

           나는 어디서 왔을까.

           나는 왜 살아야 하나.

난 할머니 할아버지가 정말 좋다.

그 분들도 나를 사랑하시지.

하지만 사랑이란 무엇인가.

왜 달은 처량하게 어두운 밤하늘을 밝히고 있을까.

나는 왜 이슬만 먹어야 하지?

쌀밥은 어떤 맛일까.

왜 쌀밥을 못 먹게 할까.

아…… 나도 쌀밥이 먹고 싶다.

이 모든 말을 하륵은 하륵이란 말로만 한다.

그럼 악사가 한 문장씩 하륵의 말을 번역해준다. 마치 자기가 하륵인 것처럼.

할아버지의 기도가 끝나가자 악사들은 다시 자리로 돌아가고 하륵도 식탁 앞에 와 앉는다.

할아버지   하륵이 하륵해서 하륵하게 하륵하나이다. 하륵!

하륵   하륵!

           하륵, 하륵.

할머니   안 된다.

하륵   하륵?

할머니   넌 쌀밥을 먹으면 절대 안 돼요.

할머니는 대답하기 곤란해지자 할아버지를 하륵에게 밀어버린다.

하륵이 할아버지에게 묻는다.

하륵   하륵, 하륵 (하지만 이슬은 이제 너무 지겨워요.)

          하륵, 하륵? (왜 쌀밥을 먹으면 안 된다는 거죠?)

할아버지   네가 쌀밥을 먹겠다는 건……, 그건……, 어쨌든

          안 돼요.

하륵은 할아버지 눈치를 살피다가 다시 할머니에게 넌지시 묻는다.

하륵   하륵.

할머니   응?

하륵   하륵.

할머니   안 돼요.

하륵   하륵.

할머니   안 돼요.

하륵   하륵!

할머니 할아버지   하륵!

하륵은 할머니와 할아버지의 큰 소리에 멀리 날아가 버린다.

하륵은 부르르 떨며 할머니와 할아버지를 돌아본다.

하록   하록 하록!

할머니 할아버지   아니다. 우린 널 사랑한다.

하록   하록! 하록,

          하록 하록? 하……륵!

하록은 세상에서 가장 안타까운 소리로 운다.

할머니와 할아버지는 세상에서 가장 가슴 아픈 몸짓을 보여준다.

할아버지가 한숨을 쉬며 말한다.

할아버지   애가 저렇게 원하는데 딱 한 숟갈만 먹게 합시다.

할머니   안 돼요. 나무님과 약속했잖아요.

하록이 또 가슴 아프게 운다.

해설   할머니와 할아버지는 고민 끝에 하록에게 쌀밥을

          먹이기로 합니다.

할머니   하록아. 하록이다.

하록   하록?

할머니   하록.

할머니가 조심스럽게 하록에게 쌀밥을 내민다. 하록이 쌀밥을 덥석 문다.

한참을 씹는다. 씹는 소리가 점점 커진다.

쌀밥을 다 먹은 하륵의 몸이 갑자기 요동친다. 할머니와 할아버지는 어쩔 줄 몰라 한다.

하륵이 다시 잠잠해진다. 하륵은 길게 트림하고는 잠이 든다.

할머니와 할아버지는 잠든 하륵을 가만히 바라본다.

해설　　　할머니와 할아버지는 나무와 한 약속을 어긴 것 때문에 불안했지만 기분 좋아하며 잠든 하륵을 보며 불안한 마음을 달랬습니다.

하륵만 남기고 할머니와 할아버지 악사들은 조용히 무대를 빠져나간다.

해설　　　쌀밥을 먹고 잠이 든 하륵은 그날 밤 행복한 꿈을 꾸었습니다.

#4. 하륵의 꿈

어디선가 아름다운 선율의 음악이 들려오면서 쌀의 정령들이 등장한다.

정령들이 다가와 쌀밥을 먹여준다. 이들은 잠든 하륵의 주위를 돌면서 춤을 춘다.

하늘에서는 쌀밥이 눈처럼 하얗게 내린다. 하륵은 쌀밥 눈을 맞으며 행복해 한다.

#5 참을 수 없는 배고픔

해설   그런데 다음날 아침 이상한 일이 벌어졌습니다.

하륵이 잠에서 깨어난다. 하륵은 밤새 몸집이 커졌다.
하륵은 뱃속에서 이상한 움직임을 느낀다.

하륵   하륵!

해설   하륵은 배가 고팠습니다.

하륵   하, 하륵?

해설   어? 배가 고프네?

하륵이 격렬하게 요동치며 배고픔의 춤을 춘다.

하륵   하륵 하륵!

해설   하륵은 배가 고파 미치겠습니다.

하륵은 무대 위 모든 물건을 먹어버린다.

악사들도 차례차례 먹는다. 그리고 마지막으로 식탁보를 먹으려는 순간.

할머니   하륵아!
할아버지   하륵아. 이게 어떻게 된 거냐.
할머니   하륵아. 안 된다.
하륵   하륵!

하륵과 노부부는 식탁보를 잡고 실랑이를 한다. 결국 힘에 밀려 식탁보를 놓친 할머니는 쓰러진다.

하륵이 할머니를 덮치려다 멈칫한다. 할머니 앞에서 망설이다가 천천히 뒤로 물러선다.

하륵은 집을 떠나간다. 할머니와 할아버지는 멀리 사라지는 하륵을 멍하니 바라본다.

할아버지   그러게 내가 이슬만 먹이자고 그랬잖아요.
할머니   내가 먹였어요? 당신이 먼저 쌀밥을 먹이자고 했잖아요.
할아버지   내가 언제요. 할멈이 쌀밥을 내줬잖아요.
할머니   영감이 먹이자고 그래서 내 준거지. 난 처음부터 반대했어요.
할아버지   할멈이 불쌍한 눈으로 하륵을 쳐다봤잖아요.
할머니   내가 언제요.
할아버지   하륵이 우니까 이렇게 쳐다봤잖아요.
할머니   절대 안 된다. 그러니 울지 마라.

그런 뜻으로 쳐다 본 거예요. 하륵이 저렇게 된 건 다 영감 탓이야.

할아버지　무슨 소리예요. 다 할멈 탓이지.

할머니　하륵이 하륵해서 하륵하자고 했잖아요.

할아버지　무슨 하륵이에요. 하륵이 하륵이까 하륵했지…….

할머니　하륵이 하륵하니…… 하륵 하륵.

갑자기 하륵의 발소리가 커다랗게 들린다.

할머니 할아버지는 깜짝 놀라 싸움을 멈춘다.

악사들은 가면을 벗고 놀라 퇴장한다.

하륵의 발소리는 점점 커져간다.

해설　집을 떠난 하륵은 세상 이곳저곳을

돌아다녔습니다.

세상에는 여러 가지 신기한 것이 많이 있었습니다.

하륵은 하륵하륵 먹기 시작했습니다.

하륵은 세상을 돌아다니면서 닥치는 대로 먹는다.

세상의 물건을 먹으면 먹을수록 그의 몸집은 점점 커진다.

해를 먹고 달을 먹은 다음 하륵은 집으로 돌아온다.

무대 전체가 하륵의 몸이 되어 있다.

#6. 돌아온 하록

해설   하록은 해와 달까지 먹었지만, 배고픔이 사라지지
않았습니다.
배고픔에 지친 하록이 집으로 돌아왔습니다.
하지만 하록의 몸집이 너무 커져서 할아버지와
할머니를 볼 수가 없었습니다.
다만 멀리서 자신을 부르는 목소리만 들을 수 있었습니다.

할머니와 할아버지는 작은 손인형으로 등장한다.
하록의 몸의 한쪽 구석에서 혹이 난 것처럼 돋아나 움직인다.

할머니   하록아! 여기다 여기야.

할아버지   하록아!

하록   하록!
하록, 하록.

할머니   그 동안 어디 갔었냐?
널 찾아 세상 구석구석을 헤맸다.

하록   하록 하록.

할아버지   이제 세상엔 먹을 게 아무것도 없대요.

할머니   우리 하록 불쌍해서 어떡해요.

하록   하록, 하록.

할머니   그래. 우리도 널 사랑한다.

　　하륵은 흐느낀다. 하륵의 눈물이 떨어진다.
　　할머니와 할아버지가 하륵의 눈물에 쓸려갈 뻔 하다 겨우 살아난다.

해설   할머니와 할아버지는 하륵의 눈물에 쓸려갈 뻔 했습니다.

할머니   불쌍한 우리 하륵.
할아버지   저렇게 배고파하다가 굶어 죽으면 어떡하지.
할머니   영감! 어차피 우리와 같이 살 수 없는 것
　　　　마지막으로 하륵의 배고픔이나 달래 줍시다.
할아버지   그럽시다.

해설   이렇게 해서 할아버지와 할머니는 하륵에게 먹이기로 합니다.

　　할머니와 할아버지 인형은 하륵에게 먹힌다.
　　무대를 덮은 하륵의 온 몸은 커다랗게 요동치기 시작한다.
　　무대 전체가 우레 같은 북소리와 함께 움직이다가 사그라진다.

해설   세상에 혼자 남은 하륵은 외로움에 울다가 지쳐
　　　　쓰러져 버렸습니다.
　　　　하륵의 눈물은 강물이 되어 흐르고 그 강물이

모여서 바다를 이루었습니다.

그리고 쓰러져 누운 하륵의 몸은 산맥이 되고 대륙이 되었습니다.

어디선가 반짝거리는 불빛이 등장한다.

악사들이 동그란 그림자 막과 불빛을 들고 들어온다.

할머니와 할아버지는 그림자로 표현된다.

해설   하륵의 뱃속에는 세상의 모든 물건들이 그대로 있었습니다.

해도, 달도, 오두막집도, 나무도.

할아버지와 할머니는 하륵의 뱃속에서 예전처럼

살게 되었습니다.

천둥소리. 비 소리가 들린다.

할머니   하륵이 또 외로워서 우는 거예요.

할아버지   그럼 달래줘야지.

할머니   예.

할머니, 할아버지가 노래를 부르면서 하륵을 달래준다.

하륵 우는 소리가 잠잠해진다.

할머니   그러게 이슬만 먹었어야 했는데.

할아버지   할멈이 쌀밥 내왔잖아요.

할머니   내가 언제요.

할아버지   그럼 내가 그랬다는 거요?

할머니   하륵을 약하게 키운 건 다 영감 탓이야.

할아버지   무슨 소리예요. 다 할멈 탓이지.

　　　할머니와 할아버지가 잠시 싸울 듯 하다가 풀어진다.

할머니   그만 합시다. 난 뜨개질이나 할래요.

할아버지   그럽시다. 나도 신문이나 보렵니다.

　　　천둥소리 빗소리. 할머니와 할아버지는 다시 하륵의 노래를 부른다.
　　　노랫소리 잦아들면 서서히 암전된다.
　　　암전이 되고 난후 악사들이 악기를 들고 나와 마무리 노래를 부르며 춤을
춘다.

(끝)

만득 깨비 꼬깨비

설용수

때 현대

곳 산 속, 여러 나라

등장인물

만득   남, 40살이지만 총각, 힘이 세지만 행동이 굼뜨다.

깨비   남, 600살 된 도깨비

꼬깨비   꼬마 도깨비, 아이들로 변신하여 만득과 여러 가지 게임을 한다.

어머니   여, 70세, 앞을 보지 못 한다.

그 외   도깨비 나라 임금 및 신하들, 마을 사람들

1장

꽤 깊은 산, 높은 나무들과 키 큰 풀들이 오솔길 양 옆으로 우거져 있다. 보름달이 환하게 비추고 있는데 멀리서 부엉이 울음소리가 들린다.

　　남자의 노래 소리가 들려오더니 술에 취한 남자가 비틀거리며 등장한다.
남자는 노래를 부르면서 간혹 두 팔로 춤사위도 그린다.

만득　　　　월워리 청청, 월워리 청청.

달아 달아 밝은 달아, 월워리 청청

저 달 속에 계수나무, 월워리 청청

옥도끼로 찍어내어, 월워리 청청,

(잠시 서서) 꾹, 취한다. (다시 걸으며)

초가삼간 집을 지어, 월워리 청청

우리 부모 모셔다가, 월워리 청청

천년만년 살고 지고, 월워리 청청

(잠시 멈추었다가 다시 걸으며) 엄니가 기다리실

텐데…… 빨리 가자.

　　빠른 걸음이지만 여전히 제자리걸음을 하고 있다.

만득　　　　(멈춰 서며) 아휴, 더워. 근데…… (휘둘러보며) 이게

어떻게 된 거야? 아직도 제자리네. 술을 너무 많이

마셨나? 아니야, 혹시…… 여우한테 홀렸나? (다시

걸으며 장난스럽게) 여우야, 여우야. 뭐하니?

여우　　　　(나무 뒤에서 얼굴만 나타나며) 밥 먹는다.

만득   (무심코) 무슨 반찬?

여우   개구리 반찬.

만득   (깜짝 놀라) 여우가…… (눈을 비비고) 응! 분명히 있었는데…….

　만득이 환한 빛에 놀라 하늘을 본다. 하늘에서 도깨비불이 흩어졌다 뭉치고 다시 흩어지며 춤을 춘다.

만득   여우불? (고개를 흔들며) 아냐. 정신 차려야 해.

　다시 걸음을 옮기지만 여전히 제자리걸음을 하고 있다. 그러다가 무언가에 뺨을 얻어맞는다.

만득   (뺨에 손을 대며 놀라서 뒤를 돌아본다.) 응!
        (고개를 갸우뚱하며) 이상하다. 분명히 누가 때렸는데…….

　다시 걷는다. 이번엔 오른쪽 뺨을 맞는다. 뒤를 돌아보지만 역시 아무도 없다.　만득이 걸음을 빨리 하자 걸음 속도만큼 뺨을 때리는 속도도 빨라진다. 만득이 문득 걸음을 멈춘다.

만득   손이 아냐. 꼭 부챗살 같아. 아무래도 여우한테
        홀린…… (손뼉을 치며) 맞다. 백여우!

만득이 두리번거리다가 뭔가 결심한 듯 다시 걷는다. 보이지 않는 무언
가가 계속 때린다. 만득이 재빨리 돌아서서 뭔가를 움켜잡고 씨름 자세를
취한다.

만득   에잇, 호미걸이.

만득이 기우뚱하다가 다시 씨름 자세를 잡는다.

만득   (숨이 차서 혼잣말로) 나보다…… 작은놈인데……
          그렇다면…… 으라차차, 들배지기.

만득이 뭔가를 들어 올리려다 실패한다. 다시 씨름 자세를 잡고 잠시 서
있다.

만득   (가쁜 숨을 몰아쉬며) 왼쪽을…… 귀신은 …… 왼쪽
          다리를 잡아야 해. 헉헉.

만득이 급작스럽게 밀어치기와 뒷무릎치기를 이용하여 뭔가를 쓰러뜨린
다. 그리고 숨이 찬 듯, 함께 눕는다. 그 때 하늘에 여우불이 다시 나타난다.
만득이 퍼뜩 일어나자 어느 틈에 일어났는지 뭔가가 다시 덤빈다. 둘이 어울
려 엎치락뒤치락 한다. 만득이가 뭔가를 정면 뒤집기로 매친다.

만득   잡았다!

뭔가를 무릎으로 누르고 옆에 있는 긴 풀을 잡아당겨 묶는다.

만득   (손을 털고 일어서며) 이겼다. (하늘을 보며) 동이 트겠는 걸.
        빨리 가야지.

2장

    동이 트고 햇살이 퍼지며 잠든 만득이의 얼굴을 비춘다. 이리저리 뒤척이
던 만득이 개구리 자세로 웅크리며 베개를 안는다. 베개에 얼굴을 묻더니 엉
덩이를 들고 잠시 고정 자세를 취한다. (사이) 상체를 일으켜 기지개를 켜며
하품을 한다.

만득   (눈을 비비며) 벌써 아침이네. (나오며) 엄니, 뭐 하세요?
어머니   (부엌 쪽으로 발을 옮기며) 조금만 기다려라. 금방 아침상 차릴 게.
만득   어떻게 일도 안하고 밥을 먹어요? 후딱 논에 다녀올 게요.
        오늘은 논물을 빼 줘야 해요.

만득이 삽을 찾아들고 집을 나선다.

어머니   (더듬더듬 몇 발자국 따라가며) 밥 먹고 가거라.

만득   (사립문을 나서며) 빨리 다녀올 게요.

만득이가 월워리 청청을 부르면서 부지런히 걷다가 문득 발을 멈춘다.

만득   참, 내가 씨름해서 이겼지? 그 놈 잡으러 가야지.
    혹시 백여우? (웃으며)
    엄니 목도리해 드려야겠다!
    엄니 목도리! 엄니 목도리!

산길을 오르다가 풀이 우거진 곳에 이르자 두리번거리며 찾는다.

만득   (갸우뚱) 분명 여기쯤인데. 아, 여기! 근데 이게 뭐야?
    (빗자루를 들어올리며) 몽당빗자루잖아. 빗자루가 왜 여기 있지?
    (빗자루를 휙 던지며) 여우에게 홀린 게 확실해. 빨리 가자.

빠른 걸음으로 가다 갑자기 멈춰 서더니 되돌아가서 땅에 떨어진 빗자루를 줍는다.

만득   부엌이라도 쓸어야지.

만득이가 월워리 청청을 흥얼거리며 산에서 내려온다.

3장

　만득이가 방에서 멍하니 달을 보고 있다. 어두운 곳에서 부엉이시계가 걸어 나와 만득이 곁에 선다. 시계의 초침소리가 크게 들린다. 만득이 놀라서 부엉이시계를 본다.

만득　　　넌 뭐야?
부엉이시계　주인님, 곧 열두 시가 되요.
만득　　　(너무 놀라) 시계가…… 말을…….

　부엉이시계가 열두 점을 울리기 시작한다. 만득이 엉겁결에 일어나 달에게 큰절을 두 번 한다. 무릎을 꿇고 단정히 앉아 방바닥에 있던 거울을 들어 달빛에 비춘다.

만득　　　달님! 보고 싶은 사람을 비춰 주세요.
　　　　　돌아가신 아버지가 보고 싶어요.

　만득이 한동안 정신을 집중하여 거울을 본다. 깨비가 조용히 방으로 들어온다. 거울에 뭔가가 희미하게 나타난다.

만득　　　아, 아버지?

잠시 후에 사라진다.

만득   앗, 달님! 한 번만 더 보여 주세요.

만득이 집중하여 다시 거울을 본다. 거울에 깨비의 모습이 나타난다.

만득   (깜짝 놀라 뒤돌아보며) 누, 누구야?

깨비   나? 보시다시피 도깨비님이지.

만득   도, 도깨비…… (벌떡 일어서며) 도깨비라고?

깨비   (도깨비 방망이를 들고) 호롱이 와롱이 불!

          (바닥을 치자 불이 들어온다.)

만득   (눈이 부신 듯 찡그리며) 와! 신기하네.

깨비   가자.

만득   가? 어딜?

깨비   도깨비 나라.

만득   도깨비 나라? 왜?

깨비   네가 날 이겼잖아. 그러니까 가야 해.

만득   이겨? 언제?

깨비   어젯밤에 산 속에서.

만득   (뺨을 만지며) 그럼 네가…… (깨비의 옷자락을 움켜쥐며)

          이 나쁜 놈. 내가 장가갔으면 너 만한 아들이 있을 거야.

          감히 어른을 골려?

깨비   (만득이의 손을 뿌리치며) 난 600살이야.

만득   …….

깨비   도깨비 나라에선 아직 어린아이지만.

만득   (돌아앉으며) 난 못 가. 아니, 안 가.

깨비   (만득이를 돌아 앉히며) 그럼 난 영원히 몽당빗자루로 살아야 해.

        인간에게 진 도깨비는 밤에만 도깨비가 될 수 있어.

만득   그래도 못 가.

깨비   (화가 나서) 정말이지? (도깨비 방망이로 바닥을 치며)

        얼라리 파립니 쑈쑈하 똥!

만득   (나무로 변한 팔을 보며) 아니, 내…… 내 팔이…….

깨비   이래도?

만득   안 돼. 우리 엄닌 앞을 못 보셔. 나 없으면 꼼짝 못 하신다구.

깨비   (바닥을 치며) 얼라리 파립니 쑈쑈하 똥!

만득   내…… 내 다리를…… .

깨비   이래도 안 갈래? 그럼 넌 나무가 될 텐데?

만득   흥! 맘대로 해. 날 나무로 만들면 넌 누가 고쳐주지?

깨비   (잠시 생각에 잠겼다가) 좋아. 네가 날 고쳐주면

        난 네 엄니의 눈을 고쳐주지.

만득   흥! 의사도 못 고친 엄니 눈을 네가 어떻게 고쳐?

깨비가 두리번거리다가 부엉이시계를 본다.

깨비 부엉아, 넌 들어가.

부엉이시계 네!

만득 그럼, 저 시계도?

　시계가 사라지자 깨비가 방바닥에 있는 주전자를 향해 주문을 외우고 땅을 친다. 주전자가 걸어와 만득이에게 말을 시킨다.

주전자 주인님, 물 떠다 드릴까요?

만득 와아!

깨비 어때? 이제 믿을 만하지?

만득 그래도 못 가.

깨비 왜? 왜 못 가?

만득 엄닌 나 없으면 밖에 못 나가셔!

깨비 아하, 그렇다면…… (사이) 호롱이 와롱이 만득!

　펑 소리와 함께 만득이와 닮은 사람이 나타난다.

만득 아니, 어…… 어떻게…….

깨비 하하하하, 대리 만득이는 네가 돌아오면 사라질 거야.

4장

큰 바위 위에 도깨비 임금이 앉아 있고 둘레엔 많은 도깨비들이 자유스럽게 앉거나 서 있다.

임금   네가 깨비를 이겼느냐?

깨비   힘이 어찌나 센지…….

임금   이놈! 그러니까 인간들과 함부로 힘겨루기 하지

말라고 했지? 몽당빗자루가 된 기분이 어떠냐?

깨비   살려 주세요.

임금   (만득이에게) 넌 깨비를 위해 무슨 일이든 할 수 있느냐?

만득   네? (깨비를 흘낏 보고) 네, 네. 할 수 있습지요.

우리 엄니 눈만 뜰 수 있다면…….

임금   일 주일 안에 흔하면서도 귀하고, 추하면서도

아름답고, 환하면서도 어두운 것을 하나 찾아오너라.

만득   네?

임금   흔하면서도 귀하고

추하면서도 아름답고

어두우면서도 환한 것

찾아오면 깨비는 몽당빗자루에서 벗어나고

찾아오면 엄니는 세상 빛을 보시겠지.

깨비들   흔하면서도 귀하고

추하면서도 아름답고

어두우면서도 환한 것.

그게 뭘까, 우리도 몰라

아이고 궁금해라. 일 주일아 빨리 가라.

만득이의 실력을 보자꾸나. 하하 하하하하

임금   애들아, 가자!

펑 소리와 함께 도깨비들이 모두 사라지고 만득이와 깨비만 남아있다.

만득   (어리둥절하여) 어…… 어떻게 된 거야?

깨비   귀하면서도 흔하고, 추하면서도 아름답고, 환하면서도

어두운 것?

만득   어디 가서 찾지?

깨비   (하늘을 보며) 첫닭이 울면 난 다시 몽당 빗자루로

돌아가니까 빨리 찾으러 가자. 빨리!

이때 첫 닭이 운다. (사이) 만득이 가슴에 몽당빗자루를 안고 걷다가 할아버지를 만난다.

만득   할아버지. 귀하면서도 흔하고, 추하면서도

아름답고, 환하면서도 어두운 것이 어디 있을까요?

할아버지   귀하면서도 흔하고, 추하면서도 아름답고, 환하면서도 어두운 것?

그거야 쉽지. 나한테도 있으니까.

만득   네? 그게 뭔데요?

할아버지 (주머니를 뒤적이다가 동전을 꺼내들고) 찾았다.

     바로 이거야.

만득   이건…… 돈이잖아요?

할아버지 벽장 속에 가득 갖고 있는 집에선 흔하지만 나 같은 사람에겐

     귀하고 귀하지.

만득   에이, 할아버지도…… 돈을 벽장 속에 넣고 있는

     사람이 어디 있어요? 은행이 있는데…….

할아버지 예끼, 멍청아. (검지 한 마디를 엄지손가락으로 집으며)

     요만한 은행 속에다 어떻게 돈을 넣어?

     차라리 은행나무에 주렁주렁 달지.

만득   네? 하하하. 그럼, 추하면서도 아름다운 것은요?

할아버지 돈을 잘 못 쓰는 사람은 아주 추해져. 잘 쓰면 아름답지만.

만득   환하면서도 어두운 것은요?

할아버지 돈 없는 사람 마음은 어둡지. 많은 사람은 환하겠지만.

만득   저는 돈 없어도 어둡지 않은데요?

할아버지 (잠시 만득일 보다가) 에이, 그럼 난 몰라.

     (돌아서서 간다.)

만득   (큰소리로) 할아버지, 어디가면 알 수 있을까요?

할아버지 저 산 너머에 가서 아이들에게 물어 봐.

만득   산 너머?

할아버지   용기가 있으면…….
만득   용기?

　　만득이 할아버지에게 고개를 꾸벅하고 다른 곳으로 가다가 한 아주머니를
만난다. 만득이 아주머니에게 묻는다.

만득   아주머니, 귀하면서도 흔하고, 추하면서도
         아름답고, 환하면서도 어두운 것이 뭔지 아세요?
아주머니   글쎄…… (빗자루를 보며) 그 빗자루 어디서 났어?
만득   네?
아주머니   나 줘. 마당 쓸게.
만득   (빗자루를 등 뒤로 감추며) 아, 안 돼요!
아주머니   (갑자기 생각난 듯) 참, 아저씨!
만득   아저씨? 난 장가도 안 갔는데…….
아주머니   노총각이로구만. 어쨌든 말일세, 자네가 찾는 게 사람이 아닐까?
만득   사람이요?
아주머니   세상에 사람은 흔하지만 정말 사람다운 사람은 없어.
         열심히 일하는 사람은 아름답지만 남을 헐뜯고 못살게 구는
         사람은 추하거든.
만득   환하면서도 어두운 것은요?
아주머니   그…… 그건…… 글쎄.

만득이 길을 가다가 이 사람, 저 사람에게 묻는다.

만득	학생, 귀하면서도 흔하고, 추하면서도 아름답고, 환하면서도 어두운 것이 어디 있는지 알아?
학생	당연히 학교에 있지요.
만득	(반가워서) 그게 뭔데?
학생	성적표요.
만득	뭐?
학생	일 등한 성적표는 귀하지만 나머지는 흔하지요, 일 등한 성적표는 아름답지만 나머지는 추하구요, 일 등한 성적표는 환하지만 나머지는 어둡거든요.
만득	(눈을 부라리며) 떽!
학생	왜요?
만득	일등이 있으면 꼴등도 있는 거야. 날 봐. 난 학교 다닐 때 꼴찌를 도맡아했지만, 내가 흔하고 추하고 어두워?
학생	하하하하. (비꼬듯이) 아저씬 귀하고, 아름답고, 환해요.

학생이 가자 만득이 지나가던 아저씨에게 같은 질문을 한다.

만득	아저씨. 귀하면서도 흔하고, 추하면서도 아름답고, 환하면서도 어두운 것을 찾는데요.

아저씨   가르쳐주면 뭐 줄래?

만득   네?

아저씨   세상에 공짜가 어디 있어?

만득   돈!

아저씨   싫어.

만득   쌀!

아저씨   흥!

만득   술!

아저씨   술? 좋지! (갑자기 만득의 등을 탁 치며) 그건 내 고명딸일세.

만득   네?

아저씨   딸이야 흔하지만 내 딸은 세상에 하나밖에 없으니

       얼마나 귀한가?

만득   그렇게 귀한 딸이 추해요?

아저씨   걔가 (코 후비는 흉내를 내며) 코 후비는 버릇이 있어요.

만득   우엑!

아저씨   그래도 내 눈엔 얼마나 예쁜지 아나?

만득   환할 때와 어두울 때는요?

아저씨   방글방글 웃을 땐 세상이 모두 환해지지.

       (점점 작은 소리로) 동생 낳아 달라고 떼쓸 땐

       어둡지만…….

만득   (고개를 갸우뚱한다.)

아저씨   왜?

만득   아저씨 딸이 귀하고 아름답고 환한데 왜 제겐

     안 느껴지지요?

아저씨   (잠시 노려보다가 휙 돌아서며) 헹!

　아저씨가 화를 내며 가자 만득이 혼자 있다가 지나가는 할머니에게 다시 묻는다.

만득   할머니. 귀하면서도 흔하고, 추하면서도 아름답고,

     환하면서도 어두운 것이 어디 있는지 아세요?

할머니   (귀에 손나팔을 만들며) 뭐라고?

만득   (할머니 귀에 대고 큰소리로) 귀하면서도 흔하고,

     추하면서도 아름답고, 환하면서도 어두운 것이

     어디 있는지 아시냐고요?

할머니   귀가 가려워서 혼났다고?

만득   (가슴을 치며) 그게 아니고요?

할머니   (지팡이로 만득이의 엉덩이를 때리며) 인석이,

     어른이 말씀하시는데 가슴을 쳐?

만득   아이쿠, 잘못 했어요, 할머니.

　도망가는 만득이를 할머니가 지팡이를 휘두르며 쫓아간다.

5장

산 너머 마을에 꼬깨비들이 모여 노래를 부르며 줄넘기를 하고 있다.

꼬깨비1　　앗, 누가 오고 있다.

꼬깨비들　얼라리 파립니 쑈쑈하 똥, 변신!

꼬깨비들이 도깨비 탈을 벗는다. 아이의 모습으로 변한다. 줄넘기 놀이를
계속한다.

꼬깨비들　똑똑똑, 누구십니까?　손님입니다. 들어오세요.

　　　　　문 따주세요. 딸깍.　하나, 둘, 셋.

　　　　　아랫목에 앉아라, 아이고 뜨거워.

만득　　　(아이들이 노는 모습을 보며) 야! 잘한다.

　　　　　재밌겠는데…… 근데 참 이상하다. 마을사람들이

　　　　　왜 아이들을 무서워하지?

꼬개비들　윗목에 앉아라,　아이고 차가워.

　　　　　의자에 앉아라,　아이고 엉덩이.

　　　　　땅바닥에 앉아라, 아이고 더러워, 못 앉겠어요.

　　　　　못 앉겠음 빨리빨리 나가주세요.

만득   (아이들이 노는 모습을 한동안 바라보다가)

         애들아, 귀하면서도 흔하고, 추하면서도 아름답고,

         환하면서도 어두운 것을 찾으려면 어디로

         가야하니?

꼬깨비2   글쎄요.

만득   좀 가르쳐 줘.

꼬깨비3   (아이들에게 눈을 찡긋하며) 줄넘기를 통과하면

         가르쳐 줄게요.

만득   정말이지?

꼬깨비4   셋에 들어오세요.

꼬깨비들   (줄을 돌리며) 똑똑똑, 누구십니까?

         손님입니다. 들어오세요.

         문 따주세요. 딸깍. 하나, 둘, 셋.

만득이 들어가려다 줄에 발이 걸려 넘어진다.

깨비들   와하하하. 그것도 못 하면서 그렇게 어려운 것을

         어떻게 알아내요?

6장

달밤에 깨비와 만득이 숨을 고르며 산 속 바위 위에 앉아 있다. 나뭇가지에 등이 달려있다. 불빛이 주변을 환하게 비추고 있다. 나무에 칡넝쿨이 매어있고 만득이 숨을 헐떡이며 앉아있다.

깨비   일어나, 빨리 연습해야지.

만득   (큰소리로) 그만 하자니까.

깨비   (줄을 돌리며) 자, 셋에 들어와. 하나, 두울, 셋.

만득이 어기적거리며 일어나 줄을 넘으려고 하지만 계속 발이 걸려 넘어진다.

만득   아이쿠, 난 못 해.

깨비   왜 못 해?

만득   못 하는 것도 있어.

깨비   넌 어른이잖아.

만득   아직 장가도 못 갔어.

깨비   둔하니까! 못 가지.

만득이 벌떡 일어나 깨비를 잡으려고 하자 얼른 도망간다.

깨비   찾아야 해. 찾아야 해.

         귀하고 흔하고, 추하고 아름답고,

         환하고 어두운 것을 우리가 찾아야 해.

         그래야 엄니 눈도 고칠 수 있어.

만득   (자리에 서서 헐떡거리며) 좋아. 다시 해 보자고.

계속 줄을 넘다가 성공하는 만득. 신이 나서 노래를 부르며 줄을 넘는다.

만득,깨비   똑, 똑, 누구십니까?

         꼬마입니다. 들어오세요.

         꼬마야, 꼬마야. 뒤를 돌아라.

         꼬마야, 꼬마야. 땅을 짚어라.

         꼬마야, 꼬마야. 만세를 불러라.

         꼬마야, 꼬마야. 잘 가거라.

만득과 깨비가 서로 얼싸 안으며 좋아한다.

7장

꼬깨비들이 놀고 있다가 만득을 발견한다.

꼬깨비2   애들아, 저기 만득이가 온다.

꼬깨비들   얼라리 파립니 쑈쑈하 똥!

    (도깨비가 아이들로 변신한다.)

만득   애들아, 줄넘기하자. 내가 잘 넘으면 (노래하듯이)

    귀하고 흔하고, 추하고 아름답고, 환하고 어두운

    것이 어디 있는지 가르쳐 줄 거지?

꼬깨비1   이걸 어쩌나? 우린 같은 놀이는 하지 않아요.

    오늘은 여우놀이거든요.

만득   여우놀이?

꼬깨비2   여우야, 여우야. 뭐하니?

꼬깨비3   밥 먹는다.

만득   아! 나도 할 수 있어.

꼬깨비4   그래요? (친구들에게 눈을 찡긋하며)

    애들아. 술래 정하자.

꼬깨비들과 만득이 가위 바위 보를 한다. 만득이 이긴다.

꼬깨비3   자, 내가 술래다. 너흰 스무 발 가거라.

꼬깨비들   그럼, 시작한다.

한 고개 넘어갔다.

두 고개 넘어갔다.

세 고개 넘어갔다.

(멈춰 서서) 여우야 여우야. 뭐 하니?

꼬깨비3   잠잔다.

꼬깨비들   잠꾸러기.

꼬깨비3   세수한다.

꼬깨비들   멋쟁이.

꼬깨비3   밥 먹는다.

꼬깨비들   무슨 반찬!

꼬깨비3   개구리 반찬!

꼬깨비들   죽었니, 살았니?

꼬깨비3   살았다.

모두 도망간다. 만득이도 열심히 달리지만 제자리걸음이다.

만득   (놀라서) 이…… 이게…… 어떻게 된 거야?

꼬깨비3   잡았다.

만득   앗!

꼬깨비들   이것도 못 하면서 그 어려운 것을 어떻게 찾아요?

만득   (땅에 주저앉으며) 아이쿠. 너흰 왜 이런 놀이를 하는 거야?

꼬깨비1   그럼 무슨 놀이를 할 까요?

꼬깨비3   (손뼉을 탁 치며) 아저씨, 스타크래프트는 어때요?

만득   스타…… 뭐?

꼬깨비3   스타크래프트요. 무기 가지고 싸우는 놀이에요.

만득   떼끼 이놈들!

꼬깨비들   왜요?

만득   이렇게 좋은 세상에 뭣 땜에 무기 들고 싸워?

         난 그런 놀이 안 해.

꼬깨비3   그럼 피파 2000은 어떨까요?

만득   그게 뭐야?

꼬깨비2   축구게임이에요.

만득   축구? 나 혼자?

꼬깨비들   승부차기요.

만득   (잠시 생각하다가) 좋아. 대신 내가 이기면 답을

         꼭 가르쳐 줄 거지?

꼬깨비들   네!

8장

    다음 날 아침, 아이로 변신한 꼬깨비들이 요술방망이로 축구 골대를 만든다. 만득이 몽당빗자루를 등 뒤에 업고 끈으로 묶으며 들어온다.

만득   (빗자루에게 속삭이듯) 오늘은 꼭 이긴다. 깨비야, 조금만 참아라.
꼬깨비4   자, 가위 바위 보! (아이4가 이긴다.)
꼬깨비들   와아, 우리가 이겼다.

    꼬깨비4가 1구를 먼저 찬다. 여유 있게 성공시킨다. 만득이 1구를 찼지만 왼쪽으로 아슬아슬하게 들어간다. 꼬깨비가 2구를 찬다. 공이 만득의 가랑이 사이로 들어가 성공시킨다. 만득이 2구를 찬다. 깨비가 공을 손으로 막았지만 손가락 끝을 맞고 들어간다. 깨비가 3구를 찬다. 공은 오른쪽으로 들어가는데 만득은 왼쪽을 막다가 넘어진다. 3구를 찬다. 어렵게 성공한다. 깨비가 공을 발로 공중에 띄워 헤딩으로 4구를 찬다. 공이 골대를 맞고 튀어나온다.

만득   (껑충껑충 뛰면서) 와아, 신난다.
꼬깨비2   인간들은 남이 잘못되는 걸 저렇게 좋아한다니까.
꼬깨비1   골려주자.

    만득이 공을 차려는데 깨비3이 만득을 향해 주문을 외운다. 만득이 빗자루를 묶었던 끈이 풀어지며 몽당빗자루가 바닥에 떨어진다.

꼬깨비3   (얼른 빗자루를 걷어차며) 자아, 받아라.

만득   앗! 이리 내 놔!

꼬깨비1   (받아 차며 아이2에게) 너도 받아라.

만득   (쫓아다니며) 내꺼 내 놔!

꼬깨비2   (웅덩이 속으로 차며) 찾아가.

만득   (웅덩이로 들어가 빗자루를 건지며) 아이쿠,

        어떡해? 미안해, 깨비야.

꼬깨비들   깨비? 그게 누군데.

만득   이…… 이 나쁜 놈들. (아이2에게 덤벼들며)

        우리 깨비를 발로 차다니.

꼬깨비3   그게 네 엄나나 되니?

만득   (아이3을 쫓아가며) 잡기만 해봐.

        가만 안 둘 테다.

꼬깨비1   (만득의 손에서 빗자루를 뺏어 아이4에게 던진다.)

꼬깨비4   여기 있다. 잡아 봐.

만득이 죽어라 달려가 깨비4를 잡는다. 둘이 뒹굴며 싸운다.

꼬깨비들   이겨라, 이겨라. 아무나 이겨라.

        이왕이면 내 친구가 이겨라.

        만득이가 이겨도 좋다.

        힘 센 사람이 이기는 거다.

만득이 몽당빗자루를 빼앗아 가슴에 안고 일어선다.

만득 깨비야, 깨비야. 많이 아팠지?
     아이들은 네가 불쌍하지도 않은가 봐.
     차고 던지고 물에 빠뜨리다니.
     다시는 널 놓치지 않을 게.

만득이 젖은 빗자루를 옆에 있는 나무에 기대어 놓는다.

꼬깨비4 다시 하자. 내가 먼저 찬다. 슛! (성공한다)
꼬깨비들 (박수치며) 성공!
만득 나도 꼭 해 내고야 말 테야. (그러나 실패)
꼬깨비들 하하하하, 우리가 이겼다.

꼬깨비들이 좋아라! 물러가고 날이 어두워진다. 펑 소리와 함께 연기가 난다. 빗자루가 깨비로 변한다.

만득 깨비야!

만득이 깨비의 손을 잡고 산 속으로 들어간다.

9장

　산 속. 풀벌레 소리와 산새 울음소리가 들린다. 하늘에 별이 총총히 떠 있다. 만득이 바위 위에 앉아 하늘의 별을 본다. 깨비는 땅에 앉아 만득을 바라본다.

만득　　(천천히 깨비를 보며) 미안해. 널 떨어뜨려서…….

깨비　　그렇게 둔한 네가 어떻게 날 이겼지?

만득　　(히죽거리며) 비밀이다.

깨비　　비밀?

만득　　아, 먹고 싶다.

깨비　　뭘?

만득　　도깨비방망이 이리 줘 봐.

깨비　　(뒤로 감추며) 안 돼.

만득　　이리 달라니까. (빼앗아서) 소롱이 올롱이 술!

깨비　　하하하하.

만득　　뭐드라? 호롱송 와수이 술! 호롱롱 와롱롱 술! 와롱이
　　　　호롱송 술!

깨비　　하하하하 (배를 잡고 구르듯이 웃는다)

만득　　(잠시 생각하다가) 호롱이 와롱이 술!

개비　　(술병을 집으며) 야아, 잘 했네.

만득이가 술병을 빼앗아 병째 마신다.

만득　　　캬, 맛있다.

깨비　　　(빼앗아 마신다) 무슨 맛이지?

만득　　　내 놔. 맛도 모르면서.

깨비　　　그래도 마실 테야.

잠시 후, 깨비가 취해 비틀거린다.

깨비　　　어지럽다. 에취. 인간들은 이런 걸 왜 먹지?

　　　　　에, 에, 에취.

만득　　　기분 좋다. 우리 다시 한 번 싸워볼까?

깨비　　　싫어.

만득　　　싸워보자.

둘이 씨름을 한다. 만득이 깨비의 다리를 번쩍 들어 내친다.

깨비　　　아이쿠, 허리야.

만득　　　어디 보자. 괜찮니?

깨비　　　(화가 나서) 내일은 꼭 이겨야 해.

만득　　　(풀이 죽어서) 나도 그러고 싶어.

깨비　　　금방망이 대신 핸드폰을 줄 테니까 도움을 청해.

만득 (좋아하며) 진짜?

깨비 (나뭇잎을 한 장 들어) 얼라리 파립니 쑈쑈하 똥!

만득 (핸드폰을 받아들며) 이게 어떻게 도와줘?

깨비 잘 봐. (숫자를 누르고) 축구선수!

펑 소리와 함께 붉은 유니폼의 축구선수가 나온다.

만득 (놀라서) 어제 줬어야지. 그럼 이겼을 것 아냐.

깨비 (다시 누르며) 제자리로!

만득 가르쳐 줘.

깨비 외워. 12 짐승변신, 13 식물변신, 14 물고기변신,
      15 새 변신, 16 인간 변신.

만득 아이쿠!

깨비 다섯 개도 못 외워?

만득 12 짐승변신, 13 식물변신, 14 물고기변신,
      15 새 변신, 16 인간 변신. (열심히 외운다)

깨비 시험이다.

만득 싫어!

깨비 인간들은 시험을 많이 보잖아.

만득 난 그게 싫어서 농사를 짓는 거라고.

깨비 싫다고 뭐든지 안 할 수는 없어.

만득 (체념하며) 치, 알았어.

깨비   12?

만득   물고기 변신!

깨비   바보. (도깨비 방망이로 머리를 때린다)

만득   안 해.

깨비   해야 돼. 이제 이틀밖에 안 남았다고. 빨리 외워.

만득   …….

깨비   이틀 안에 그걸 못 찾아가면 난 몽당빗자루로 살아야 해.

만득   …….

깨비   엄니 눈!

만득   (기가 죽어서) 알았…… 어.

깨비   빨리 외워.

만득   (주춤거리며) 엄니가…… 보고 싶어. 우리 엄니는

       편히 계실까?

깨비   걱정 마.

만득   (벌떡 일어나며) 엄니한테 갔다 올래.

깨비   (만득의 옷자락을 잡으며) 그럴 시간 없어!

만득   놔! 다녀올래.

깨비   아휴, 정말…….

만득과 깨비가 실랑이를 한다.

깨비   엄니를 보여주면 되지?

만득   어떻게?

깨비   (도깨비방망이를 들어 보이며) 이거!

만득   (잠시 생각하다가) 좋아.

　　깨비가 주문을 외우자 나뭇가지에 큰 거울이 걸린다. 거울에 대리 만득과 엄니의 모습이 보인다. 대리 만득이 수박에서 씨를 골라내고 엄니에게 먹여드린다.

만득   엄니! 엄니!

깨비   대리 만득이 더 착하다.

만득   (손등으로 눈물을 닦는다.) 엄니, 제가 돌아가면
　　　　더 잘 모실게요.

깨비   자, 다시 시작하자.

　　깨비가 주문을 외우자 펑 소리와 함께 거울이 사라진다.

깨비   외워!

　　만득이 열심히 외우고 깨비는 옆에서 지키고 있다.

만득   　12 짐승변신, 13 식물변신, 14 물고기변신,
　　　　(고개를 꾸벅이며 졸다가 점점 작은 소리로), 15 새 변신,

16 인간변신.

깨비   (도깨비 방망이로 만득의 머리를 때리며) 정신 차려!

만득   (깨비에게 덤비며) 이게, 어른한테…….

깨비   (도망가며) 난 600살이야.

만득   (다시 앉으며) 조그만 게 나이만 먹었어.

깨비   임금님 도깨비는 나보다 더 작아. 하지만 만 년을 살았어.

만득   오래 살면 키가 작아지니?

깨비   (머리를 가리키며) 대신 꾀주머니가 커지거든.

만득   (고개를 끄덕이며) 그렇구나.

깨비   빨리 외워!

만득이 열심히 외우고 있는데 날이 밝아온다. 깨비가 몽당빗자루로 변한다.

만득   (빗자루를 품에 안으며) 불쌍한 깨비. 조금만 참아.

만득이 마을로 간다. 마을에선 꼬깨비들이 서로 엎드려가며 등넘기를 하며 놀고 있다.

꼬깨비3   오늘은 무슨 놀이할까?

꼬깨비1   만득이 할 수 없는 것.

꼬깨비2   뜀틀, 어때?

꼬깨비4   그게 좋겠다. 얘들아, 저기 만득이 온다. 빨리 변신!

꼬깨비들이 아이로 변신하여 놀이를 계속하는데 만득이 온다.

만득   안녕? 오늘은 무슨 놀이니?

꼬깨비2   아저씨 기분이 좋으시네요.

꼬깨비3   (만득의 목에 걸려있는 핸드폰을 가리키며)

          이건 뭐예요?

만득   (아이3의 손을 치며) 만지지마. 내 보물이야.

꼬깨비1   오늘 게임은 뜀틀인데 어때요?

만득   좋아. 너흰 넷이고 난 혼자니까 다른 사람의

          도움을 받아도 되지?

꼬깨비들   (서로 마주보다가) 좋아요.

만득   뜀틀이라. 그건 인간변신이지? (땅바닥에서 작은

          나뭇가지를 주워 한 손에 들고 한 손으로

          핸드폰을 누르며) 변신!

펑 소리와 함께 키 큰 해바라기로 변신한다.

만득   (놀라서) 어! 이, 이건…….

꼬깨비들   (배를 잡으며) 하하하하.

만득   (다시 나뭇가지를 들고) 다시 변신!

펑 소리와 함께 독수리가 만득의 어깨에 나타나 잠시 앉았다가 하늘을 날아
간다.

만득   응!
꼬깨비들   (땅을 구르며) 하하하하. 아이고, 배야.

만득이 당황하여 숫자를 마구 누른다. 펑 소리와 함께 문어, 나팔꽃, 지팡이
짚은 할아버지가 나온다.

만득   어…… 어떻게 된 거야?
꼬깨비들   그만하지 그래요?
만득   (자기 머리를 때리며) 정신 차려, 이 바보야.

            오늘은 꼭 이겨야 해.
꼬깨비3   아저씨가 하는 게 어때요?
만득   내가? (사이) 좋아.
꼬깨비1   자 넘는다. (성공!)
만득   (두 손을 모아 빌며) 하늘님, 조상님. 도와주세요.

            (성공)
꼬깨비2   한 단 더 높이자.

꼬깨비1이 넘고 만득이도 넘는다. 높이가 7단이 되어도 꼬깨비1은 가볍게
넘는데 만득이 뒤로 벌렁 자빠진다. 꼬깨비들 모두 큰 소리로 웃는다. 만득이

일어나 다시 넘지만 역시 자빠진다.

꼬깨비들   안 돼, 안 돼. 아저씬 안 돼.
          우린 귀하고 흔하고, 추하고 아름답고, 환하고
          어두운 것 그게 뭔지 알아도 가르쳐 줄 수 없어.
          없어, 없어. 절대로 없어.

만득   (씩씩거리며 일어나 바지를 털며) 씨. 내일은……
          내일은 태권도로 하자.
꼬깨비들   태권도?
만득   일 대 일 겨루기!

10장

　　산 속에서 열심히 태권도 연습을 하고 있는 만득, 옆에서 깨비가 지켜보고
있다.

만득   (나무에 발차기를 하며) 내일은 꼭 이겨야 해. 그래야
          엄니 눈을 고칠 수 있어.

깨비   내일이 마지막 날이야.

만득   마지막…… 그래, 마지막이야.

정신을 집중하여 여러 가지 동작을 연습한다.

깨비   (박수를 치며) 야, 잘 한다.

만득   (바위에 앉아 숨을 몰아쉬며) 왜 이 고생을 시켜?

깨비   내가 더 고생이야.

만득   도깨비 주제에 감히 사람에게 싸움을 걸어?

깨비   내 취미거든.

만득   (기막혀하며) 취미? 그래, 내가 지면 어떻게 되지?

깨비   그야 뭐…… (우물쭈물하며) 내 주문에 걸려 돼지가

        되거나…….

만득   (벌떡 일어나 깨비의 멱살을 잡으며) 돼지?

깨비   캑캑. 이거 놔.

만득   너, 다른 사람도 돼지로 만들었니?

깨비   날 이긴 건…… 너 뿐이니까.

만득   (멱살을 놓으며) 아니, 그럼?

깨비   단 하루만이야. 산돼지가 되거나 참새가 되거나…….

만득   그럼 순이 아버지가 어느 날 집에 안 들어온 것도?

깨비   사람들은 곧 잊게 되니까! 자신의 변신을 기억 못 해.

만득   "내 지갑을 어디 뒀더라? 현철이네 전화번호는 몇 번

이지? 오늘은 무슨 요일이지?” 이렇게 깜빡깜빡 잊는

것도 네 장난이냐?

깨비   (히죽히죽 웃으며) 글쎄…….

만득   (깨비에게 덤비며) 이게.

숲 속에서 꼬깨비들이 몰래 보고 있다가 자기들끼리 수군거리며 뭔가를 의

논한다.

조용히 주문을 외워 아이들로 변신한다.

꼬깨비1   (만득에게로 다가가며) 아저씨!

만득   아니, 넌?

깨비   (꼬깨비들을 둘러보며) 너희들은…….

꼬깨비2   놀러 왔어요.

꼬깨비4   아저씨, 태권도 시합, 지금 하면 어떨까요?

만득   지금? 밤에?

꼬깨비들   네! 지금 해요.

만득   좋아.

만득이 깨비에게 가서 귓속말을 한다.

꼬깨비들   선수는 아저씨예요.

        선수를 바꾸는 건 반칙!

우린 반칙 선수와는 안 싸워요.

요술이나 마술을 부려도 안 돼요.

정정당당히 싸우세요.

만득   (잠시 주춤하다가 태권도 자세를 취하며) 좋아!

꼬깨비1   갑니다.

　만득이 열심히 태권도를 하지만 날다시피 덤비는 꼬깨비1에게 계속 맞는
다.

깨비   이겨라, 이겨라. 만득이, 이겨라.

　　　　만득이가 이겨야 우리가 찾는 것

　　　　알아 낼 수 있어. 꼭 알아야 해.

꼬깨비   아저씨가 이기다니

　　　　어림없는 말씀

　　　　우리는 아저씨가 찾는 것

　　　　절대로 알려 줄 수 없어.

　　　　그러니까 우리가 꼭 이겨야 해.

깨비   이것들이, 감히…….

깨비가 꼬깨비들에게 덤비려고 할 때 만득이 꼬깨비1의 이단 옆차기에 맞고 공중으로 떴다가 바닥으로 떨어진다.

만득   (왼팔을 잡으며) 아야야야. 아이쿠, 팔이야.

깨비가 얼른 달려가 만득을 일으킨다. 꼬깨비들이 슬금슬금 사라진다.

깨비   어디 보자.

만득   아야야야. 만지지 마.

깨비   어떡하지? 내일이 약속 날인데…….

만득   가지 말자.

깨비   안 돼. 도깨비 나라에선 약속을 어기면 큰 벌을 받아.

만득   (울상을 하며) 답도 못 찾았잖아.

깨비   (단호하게) 그래도 가야 돼.

만득   (큰소리로) 도대체…… 어디 있는 거야? 그 귀하고
          흔하고, 추하고 아름답고, 환하고 어두운 것은?

11장

산 속 바위 위에 도깨비 임금이 앉아있고 다른 도깨비들은 여기저기 서 있거나 앉아 있다. 가운데 깨비와 만득이 앉아 있다. 만득이 얼굴에 멍들고 왼손에 깁스를 하고 있다.

임금 못 찾았단 말이지?

만득 임금님, 열심히 찾았지만⋯⋯. 이것 보세요. 저는
     팔까지 부러졌어요.

깨비 살려 주세요. 임금님, 살려 주세요. 다⋯⋯ 다시는
     장난 안 칠 게요.

만득 임금님, 깨비를 용서해 주세요.

임금 도깨비 나라의 법은 한 번도 어긴 적이 없어.

깨비 전 이제 겨우 600살이에요. 제발⋯⋯.

임금 안 돼!

만득 임금님, 그럼 다시 한 번만 기회를 주세요. 최선을
     다 해서 찾아올게요.

임금 최선을 다 한다구?

만득 네, 네.

임금 인간들은 꼭 그런단 말이야.

만득 네?

임금 넌 지금 마흔 살이지?

만득 네!

임금 다시 기회를 준다고 네가 스무 살로 돌아갈 수 있어?

만득 …….

임금 처음부터 열심히 해야지, 왜 꼭 다음에 다시 기회를 달래?

만득 …….

임금 깨비, 이놈! 너도 게으름 피웠지?

깨비 임금님, 저는 낮에 몽당빗자루가 되는데 어떻게

   게으름을 피워요?

임금 만득이와 술은 안 마셨고?

깨비 (깜짝 놀라) 네?

임금 애들아, 깨비를 묶어라.

깨비 만득아, 살려 줘.

만득 깨비야!

임금 (도깨비 방망이를 들어) 얼라리 파립니 쑈쑈하 뚱!

펑 소리와 함께 깨비가 몽당빗자루로 변한다. 도깨비들이 모두 물러선다.

만득 (놀라서) 어, 이게…….

임금 네가 숙제를 못 했기 때문에 깨비는 밤에도 몽당

   빗자루가 되는 거야.

만득 (깨비를 품에 안으며) 안 돼. 깨비야, 돌아와.

   (임금에게) 살려 주세요. 우리 깨비를 살려주세요.

임금   (벌떡 일어서며) 안 돼.

만득   살려주세요, 임금님! 제발 깨비를 살려주세요!!

  깨비야!

 만득이 빗자루를 안고 엉엉 슬피 운다. 만득의 눈물이 빗자루에게 떨어지자
펑, 소리와 함께 깨비로 돌아온다.

만득   앗!

깨비   (만득에게 달려들며) 만득아.

만득   (임금과 깨비를 번갈아 보며) 어떻게…….

도깨비들   찾았다, 찾았어. 귀하면서 흔하고,

  추하면서 아름답고, 환하면서 어두운 것

  찾았다, 찾았어. 만득이가 찾았어.

  해냈다, 해냈어. 만득이가 해냈어.

만득   응?

임금   눈물은 흔하지만 남을 위해 울어주는 눈물은 귀하지.

만득   네?

임금   욕심으로 울 땐 추하지만 희생으로 울 땐 아름다운

  것이 눈물이야.

만득   (고개를 끄덕이며) 네!

임금   희망에 차서 울 땐 환하지만 절망으로 울 땐 어둡지.

깨비   만득아!

만득   깨비야!

만득이 깨비와 얼싸안는다. 대리 만득이 어머니의 손을 잡고 들어와서 어머니만 남기고 조용히 사라진다. 어머니가 더듬더듬 만득에게로 다가간다.

어머니   아들…… 아들 냄새가 난다.

임금도깨비가 요술방망이를 들고 주문을 외운다.

임금   얼라리 파립니 쑈쑈하 눈떠라, 똥.
어머니   (눈을 번쩍 뜨고 사방을 두리번거리며)

          어…… 어…….
임금   만득, 깨비, 꼬깨비
          모두가 하나 되어
          서로를 아끼고 사랑했네.
모두   만득, 깨비, 꼬깨비
          서로 사랑하고 아끼는 마음이
          어두운 눈에 환한 빛을 주었네.

도깨비들이 덩실덩실 춤을 추며 노래를 부르자 엄니도 도깨비들과 함께 춤을 춘다.

어머니   (춤사위를 그리며) 꿈이야. 꿈을 꾸고 있는 거라구.

만득   (엄니를 끌어안으며) 엄니!

어머니   (만득의 얼굴을 두 손으로 감싸며) 어디 보자,

내 아들. 꿈이라도 좋다. 네 얼굴을 볼 수 있다니…….

도깨비들이 소리 없이 사라진다.

만득   엄니!

엄니   도깨비를 봤어. 함께 춤도 췄거든.

만득   네? 하하하하.

만득이 엄니의 손을 잡고 덩실덩실 춤을 춘다.

만득   꿈이라도 좋아요.

엄니가 눈을 떴으니!

그 밝은 눈으로

꿈보다 더 행복하고 아름다운

세상 빛을 보세요.

반딧불이 빛을 내며 날아다닌다. 어머니가 날아다니는 반딧불을 보다가
하늘에 떠 있는 달을 본다.

어머니   날아다니는 불, 반짝이는 반딧불

         시원한 바람소리, 아름다운 산새소리,

         밝게 빛나는 저 달과 별들.

         세상은 정말 아름다워라.

         마음속의 세상도 아름답지만

         보이는 세상은 더 아름다워라.

         오! 아름다운 산이여 들이여 자연이여.

만득   엄니!

어머니   만득아!

만득   엄니!

    만득이 엄니를 끌어안는다. '월워리 청청' 노래 깔리며 막!

(끝)

노총각 만득이 술에 취해 보름달이 환하게 뜬 산 속을 걷고 있다. 눈에 띄지 않게 변신한 도깨비가 만득에게 싸움을 걸었지만 지는 바람에 몽당빗자루가 된다.

다음 날, 만득은 호기심에 다시 산으로 갔다가 몽당빗자루를 들고 내려온다. 인간에게 싸움을 걸었다가 졌기 때문에 낮엔 몽당빗자루가 되고 밤에만 도깨비로 돌아올 수 있는 깨비는 만득에게 도깨비 나라로 가자고 한다. 만득은 어머니의 눈을 뜨게 하기 위해 대리 만득을 집에 남기고 깨비를 따라 도깨비 나라로 간다.

도깨비 임금은 깨비에게 낮에도 도깨비가 되려면 귀하면서도 흔하고, 추하면서도 아름답고, 환하면서도 어두운 것을 찾아오라고 한다. 만득은 깨비를 안고 이 마을 저 마을로 찾으러 다니다가 도깨비 마을로 들어간다. 꼬깨비(어린 도깨비)들은 만득에게 자기들을 이기면 찾는 것을 알려주겠다며 여러 가지 놀이를 하게 한다. 그러나 만득은 줄넘기도, 여우야 놀이도, 뜀틀 넘기도, 축구 승부차기도 모두 진다.

도깨비 임금이 약속은 지켜야한다며 깨비를 몽당빗자루로 만들자 만득은 깨비를 살려달라며 안고 운다. 그 덕택에 깨비가 도깨비로 돌아오고 어머니가 눈을 뜬다. 귀하면서도 흔하고, 추하면서도 아름답고, 환하면서도 어두운 것은 바로 진심 어린 눈물이었던 것이다.

어른이 된 우리는 할머니가 들려주시던 도깨비 이야기를 들으며 환상의 세계를 여행하였다. 그 환상은 우리들에게 풍부한 정서와 꿈과 희망을 안겨 주었다. 그러나 요즘 아이들은 그 정서를 전자오락, 비디오, 만화 등에 빼앗기고 있다. 아이들은 기계와 마주앉아 스스로의 세계 안에 갇혀 간다. 그러므로 인성이 삭막하고 난폭해져 간다. 서슴없이 동생을 죽이는 일까지 할 만큼…….

이 작품은 도깨비를 등장시켜 인간과 함께 어울리게 함으로써 아이들에게 우리들이 가졌던 순수하고 아름다운 꿈과 희망을 주려는데 가장 큰 뜻을 두었다. 또한, 점차 사라져 가는 우리의 전래 동요나 민요를 아이들이 자연스럽게 익힐 수 있도록 놀이를 통해 춤과 노래로 재미있게 엮었다. 아이들의 입에서 유행가 대신 전래민요를 흥얼거릴 수 있도록 쉽고 간단하게 꾸민 것이다.

또한 어머니의 눈을 뜨게 하겠다는 만득의 일념을 통해 점차 사라져 가고 있는 효와, 깨비와 만득의 우정을 통해 느껴지는 인간애를 찾게 하려는 데 그 작품의도가 있다.

수일이와 수일이

김우경(원작)

극단 문화모임 '광대' (극작)

때 : 현재

곳 : 수일이네 집 거실 및 수일이방, 골목

등장인물 : 정수일, 가짜 정수일, 엄마, 아빠, 정수진(여동생)

1장. 학원에 가기 싫어

수일이네 집 거실 가운데 소파가 놓여 있다.

수일이　　(들어오다, 이리저리 살피며) 으하하~ 오예~.

수일이　　(방으로 들어갔다 나오며) 엄마 진짜 너무해!~ 그깟 컴퓨터 내가
　　　　　얼마나 한다고. 선은 뽑아가고 그래? 아~ 짜증나. 아니지, 지난
　　　　　번에? ㅋㅋ. (찾는다.) 에잇! 우리 엄마 성격에 나한테 또 당하겠

냐? (포기하고 방으로 들어가 가방을 메고 나오며) 아니지, 엄마
도 없겠다. 이번이 기회 아니겠어? 텔레비전이나 실컷 봐야지.

〈텔레비전 소리〉 (뉴스→ 유아용프로그램 → 상품광고→ 바둑 텔레비전
→ 오락프로그램)

텔레비전 보다가 잔다.

엄 마   (들어오며) 아니 이 녀석이, 아직도 집에 있는 거야. 내가 이럴 줄
              알았어. 정수일! 야! 일어나. 지금 몇 신 줄 알아? 학원갈 시간 지
              났잖아!

수일이 졸린 듯 눈을 비비나 여전히 눈은 감고 있다.

수 일   (눈을 반쯤 뜨며) 엄마, 오늘만 학원 안 가면 안 되요?
엄 마   그걸 말이라고 해? 며칠만 지나면 곧 시험이잖아. 얼른 일어나!
수 일   아~ 짜증나, 매일 학원은!!! 나도 좀 쉬고 싶단 말이에요.
엄 마   아니! 그래도 이 녀석이. 셋 셀 동안 안 일어나면 너 엄마한테 진짜
              혼난다. 하나! 둘! 셋! 그래 너 어디 혼 좀 나봐! (빗자루를 든다)
수 일   (눈을 뜨며) 엄마 한 번 만요, 엄마, 엄마!
엄 마   네가 한 두 번이야? (주위에 있는 빗자루를 들고 수일이를 때리려
              고 한다) 그래도 이 녀석이. (반복)

수 일　왜 때리고 그래. 학원가면 되잖아요! 아, 간다고요!

엄 마　이게, 이 녀석이! 빨리 안가? (수일이 퇴장)

엄 마　(수일이가 놓고 간 가방을 발견하고 황급히 뛰쳐나가며) 야! 정수일. 정수일. (한숨을 쉬며) 저 녀석은 누굴 닮아 저렇게 칠칠 맞은 거야!

엄 마　(전화를 받으며) 여보세요. 정우 엄마! 우리 수일이? 학원 갔지. 정우가! 백점? 정말이야? 축하해! 그럼 우리 수일이도 잘하지. 그럼. 끊어. (전화를 끊으며) 제 아들 백점 맞은 게 나하고 무슨 상관이야! 신경질 나. 우리 수일이도 조금만 더 노력하면 될 텐데, 도대체 언제 철이 드는지.

수 진　(들어오며) 엄마~ 엄마! 나 오늘 학원에서 시험 쳤는데 (시험지를 뒤로 숨기며) 짠~백점 맞았다!

엄 마　와 정말이네~ 와 우리 딸 기특하다.

수 진　당연하지 그럼 누구 딸인데.

엄 마　네 오빠가 너 반만 닮았으면 소원이 없겠다.

수 진　왜? 오빠가 또 사고 쳤어요?

엄 마　아니다. 숙제는?

수 진　학원 갔다 오기 전에 다 해 놨어요.

엄 마　엄마가 맛있는 것 해줄게.

아 빠　여보 다녀왔어요.

엄 마　다녀오셨어요? 여보 오늘 어떻게 됐어요?

아 빠　그게, 잘 안 됐어.

엄 마   또 왜요?? 이번에 잘 될 줄 알았는데 아니 왜!

아이. 여보 너무 조급해 하지 말아요. 다음엔 분명 잘 될 거예요.

아 빠   알았어요. 참 애들은?

엄 마   수진이는 방에 있고, 수일이는 학원에 갔어요.

아 빠   학원…… (생각하다) 여보 오늘이 무슨 요일이지?

엄 마   수 요일이에요.

아 빠   수 요일? 거 참 이상하네.

엄 마   왜요?

아 빠   오늘 학원 쉰다고 하지 않았나? 학원선생님이 일이 있다고 했

잖아~.

엄 마   언제요?

아 빠   며칠 전에. 내가 이야기 하지 않았나?

엄 마   당신이 언제 얘기 했어요? 그렇게 중요한 걸 나한테 얘기하지 않

으면 어쩌라는 거예요!

아 빠   별 것도 아닌 것 같고 왜 그래~ 깜빡할 수도 있지.

엄 마   당신은 왜 그 모양이에요! 수일이 오면 난리칠 텐데. 당신이 책임

져요!

아 빠   어, 알았어, 내가 알아서 할 게.

엄 마   여보 수일이에요. 잘해요~.

(수일이 문을 박차고 들어온다.)

아 빠   수일이 왔어.

수 일   (부엌을 향해) 이게 뭐야! 나만 바보 됐잖아.

아　빠　　수일아, 아빠가 깜박했어, 미안해.

수　일　　내가 엄마 때문에 못살아!

엄　마　　야! 그게 왜 엄마 때문이야. 그러게 평소에 네가 학원 잘 갔으면 이런 일이 왜 생겨?

수　일　　해도 해도 너무해! 학원가라! 공부하라! 난 대체 언제 놀란 말이야? 그리고 그깟 컴퓨터 내가 얼마나 한다고 컴퓨터 선은 왜 뽑고 그래?

엄　마　　그 그건, 니가 하라는 공부는 안하고 허구한 날 컴퓨터에 앉아 게임만 하니까 그렇지. 넌 도대체 잘 하는 게 뭐니?

아　빠　　여보! 그만 좀 해요. 혈압 때문에 병원 다녀온 지 얼마나 됐다구. 야, 수일아, 네가 참아. 엄마가 그럴 수도 있지. (퇴장)

수　일　　내가 왜 잘하는 게 없어. 우리 반에서 내가 제일 축구를 잘한다고~.

엄　마　　축구! 축구가 밥 먹여주니?

수　일　　내가 축구 선수돼서 돈 많이 벌면 되잖아요.

엄　마　　축구 선수는 아무나 하니? 그것도 똑똑하고 머리가 좋아야 하는 거야~. 옆집 정우는 수학 시험에 100점 맞았다더라. 공부도 못하는 주제에~.

수　일　　에이씨~. (방으로 들어간다)

엄　마　　에이씨? 야! 너 그게 엄마한테 할 소리야?

엄　마　　문 안 열어?

수　일　　싫어!!

엄　마　　너, 이 문 안 열면 오늘 저녁밥 못 먹을 줄 알아!!

2장. 청소하기 싫어

집안 대청소를 한다. 엄마는 부엌에서, 아빠는 집 밖 정원에서, 수일이, 수진이는 거실 청소를 하고 있다.

수 진　　오빠 청소 안 해?

수 일　　네가 뭔데?

수 진　　엄마가 다 해놓으라고 그랬단 말이야!

수 일　　칫~~.

수 일　　폭탄이닷 받아라~.

수 진　　오빠 정말~.

수 일　　억~~ 너 때문에 총알 맞았잖아~. (쓰러진다)

수 진　　엄마~~~~~~.

엄 마　　왜~?

수 일　　아무것도 아니예요!!!

　　　　칫…… 저게!! (수진에게 다가가서 빗자루로 쓰레기를 몰아버린다)

수 진　　하지마!!!

수 일　　내가 뭘?

수 진　　(청소한다)

수 일　　(빗자루로 수진이 머리를 쓴다)

수 진　　하지 말래두!!

수 일 내가 뭘 어쨌다고 너나 잘해! (수진이 엉덩이를 발로 밀어버린다)

수 진 으아아아앙……. (일어나서 오빠에게 다가가며) 니가 오빠면 다
야! (수일이를 때린다)

수 일 어쭈 덤벼봐!!

수 진 (덤비다가 수일에게 맞아서 쓰러진다) 엄마~~~. (수진이 운다)

엄 마 왜? 무슨 일이야?

수 진 오빠가 청소하는데 자꾸 괴롭히잖아~.

엄 마 정수일!! 니가 그랬어??

수 일 아니예요. 살짝 건드리기만 했다구요.

수 진 거짓말하지마. 저 빗자루로 날 이렇게 때렸으면서.

수 일 내가 언제??

엄 마 정수일!! 너 정말 이럴래? 너 계속 이러면 엄마한테 정말 맞는다.

수 일 엄만, 왜 나만 갖고 그래?

엄 마 이게 어디서 엄마한테 대들어~ 빨리 청소나 해!!

수 일 (청소한다)

수 진 (운다)

엄 마 수진아~ 너도 그러는 것 아냐.

수 진 내가 뭘…….

엄 마 오빠하고 사이좋게 지내야지~~.

수 진 알았어요.

엄 마 싸우지 말고 청소해~~. (부엌으로 들어간다)

수 진 (씩씩거리며 수일을 쳐다본다)

수 일   못생겨가지곤…….

수 진   엄마한테 이른다.

수 일   (따라하며) 엄마한테 이른다.

엄 마   아아악~~ 쥐다!! (거실로 뛰어나온다) 수일아 쥐 좀 잡아!! (엄마,

수일, 수진 우왕좌왕)

아 빠   (뛰어 들어오며) 여보~ 왜? 무슨 일이야??

엄 마   쥐, 쥐에요.

아 빠   뭐, 쥐? 어딨어? (쥐 잡는 수일을 쳐다보다가 소파 밑에서 쥐를

쫓음)

수 일   아빠 쥐 저쪽으로 가던걸요.

아 빠   그래.

아 빠   여보 쥐가 나간 것 같아~ 안 보이는데…….

엄 마   여보 안 되겠어요. 제가 나가서 쥐약 좀 사갖고 와야 겠어요.

아 빠   그, 그래요.

수 진   아빠, 무서워 나가지마~.

아 빠   수진아~ 쥐 없어. 아빠가 쥐 쫓아버렸어.

수 진   정말이야?

아 빠   그럼, 수일아~ 너 동생 잘 보고 있어야 된다.

참~ 밖에서 들으니까! 동생 괴롭히는 것 같던데 또 그럼 혼나!!

수 일   알았어요.

수 일   쥐다!

수 진   으악!

수 일   (웃으며) 이 바보야~ 이게 쥐로 보이냐? 멍청하긴 메롱!

수 진   정말 너무해~~.

아 빠   정수일~ 너 지금 뭐하는 거야! 저기 가서 손들고 있어!!

          수진아~ 오빠가 장난친 거야. 괜찮아 너 수일이가 손 잘 들고 있

          는지 잘 보고 있어야 돼!! (나가다가) 정수일! 똑바로 해!!

수 일   칫!! 맨날 나만 갖고 그래!!

수 진   손 안 들어?

수 일   네가 뭔데?

수 진   아빠~~.

수 일   (손들다가 내림)

아 빠   정~수~일!

수 일   아~ 어디 나하고 똑같은 놈 없나.. 그 놈 다 시키고 맨날 놀 텐

          데…….

수 진   칫 그런 것도 모르나?

수 일   그게 무슨 말이야?

수 진   가르쳐 주기 싫다 메롱!

수 일   이게 진짜 빨리 말 못해??

수 진   손톱 먹은 들쥐.

수 일   손톱 먹은 들쥐?

수 진   들쥐가 손톱 먹고 사람 된 이야기.

수 일   그 들쥐가 사람 쫓아내고 사람 된다는 이야기 말이지.

수 진   응!

수 일   으이그 너 그것 책에서 봤지?

수 진   응.

수 일   아 그게 무슨 방법이냐? 그건 이야기잖아~.

       이래서 너랑은 대화가 안 통한다니까!

수 진   근데 벌 안서?

수 일   네가 뭔데?

수 진   아빠~~~.

아 빠   무슨 일이야!

수 일   아무것도 아니예요.

수 진   메롱 들쥐나 되어 버려라~.

수 일   손톱 먹은 들쥐?

3장. 또 하나의 나

수 일   (시험지를 가지고 들어오며) 점수가 이게 뭐야!

       난 이제 죽었다.

손톱 먹은 들쥐 생각이 나서 손톱을 깎아 방으로 들어간다.

수 일   (들쥐에게 손톱을 먹이며) 야, 먹어, 어서 먹으란 말야.

들쥐가 점점 커지면서 비명을 지르며 거실로 튀어나온다.

수　일　　야~ 너 내가 누군 줄 알아?

가　짜　　몰라.

수　일　　난 널 만든 정수일이야!

가　짜　　그래서?

수　일　　허~~ 너 다시 쥐로 돌아가고 싶지 않아?

가　짜　　응 돌아가고 싶어.

수　일　　돌아가고 싶지? 그럼 내가 시키는 대로 하면 돼!!

가　짜　　시키는 대로?

수　일　　일단 우리 집부터 소개시켜 줘야겠지, 야 ! 너 할 수 있겠어?

가　짜　　응!

수　일　　그럼 날 따라와~~ 여긴 내 방이야? 아니지 이제부터 우리 방이
　　　　지~~.
　　　　어이~ 이제부턴 여기가 우리 방이야~ 너랑 나랑 이곳에서 지낼
　　　　거야~. 여기는 수진이 방이야~.

가　짜　　수진이가 누구야?

수　일　　하~ 음, 못생기고. 아무튼 내 동생이야. 그리고 여기는 화장실,
　　　　여기는 안방, 여기는 부엌, 마지막으로 이곳은 거실. 네가 살던
　　　　쥐구멍이랑은 차원이 다르지?

가　짜　　응!

수 일　　야~ 다 기억했지?

가 짜　　그런 것 같아~.

수 일　　여기 어디야?

가 짜　　부엌.

수 일　　바보야. 여긴 안방이잖아~ 그럼 여긴.

가 짜　　부엌.

수 일　　바보야. (때린다) 앗, 여기 부엌 맞네.

으음, 그럼 내가 시키는 대로 해라~ 가리키는 곳을 빨리 뛰어가

야 돼~. 준비됐지?

가 짜　　응!

수 일　　OK~~.

가 짜　　(이리저리 뛰어다니다가 넘어진다) (덜커덩)

수 일　　빨리 일어나!!

대문 소리가 나자 수일이 가짜를 데리고 들어가려다 포기하고 혼자 들어간다.

엄 마　　벌써 왔니?

아 빠　　일찍 왔네~.

엄 마　　너 오늘 학원에서 시험 봤지. 시험지 얼른 가져와봐?

수 진　　(가방을 뒤져) 엄마! 여기, 시험지.

엄 마　　(시험지를 보고) 십오 점? 이게 점수야. 도대체 학원에서 공부 안

하고 뭐하는 거니? (말이 없자.) 왜 말이 없어? 응, 하긴 이 점수

가지고 말이 나오겠니? 옆집 정우는 시험만 봤다하면 백점이라
는데. 넌 도대체 어찌된 애가. 툭하면 사고에 툭하면 장난에. 말
을 안 들으면 공부라도 잘해야 할 거 아냐!

아　빠　　여보. 왜 애를 쥐 잡듯이 잡아요?

엄　마　　당신, 이 시험지 좀 보고 말해요~.

아　빠　　15점, 빵점 아니네. 잘했네~.

엄　마　　여보, 당신이 자꾸 그러니까 애가 말을 안 듣잖아요.

아　빠　　내가 뭘 어쨌다고 그래요. 건강하면 됐지 뭐!

엄　마　　요즘 같은 세상에 건강이면 다 되냐고요!

아　빠　　그만해~ 그러다가 또 쓰러지겠네!

엄　마　　속상해서 원.

진짜 수일이 엄마에게 들킨다. 엄마가 수일이 방으로 다가 간다.

엄　마　　내가 잘못 봤나? 방은 이게 또 뭐야. 야, 정수일. 너 방이나 깨끗
이 청소해. 뭐해 빨리 방 청소 안하고.
가방 가져가야지~~.

아빠는 소파에 앉아 신문을 보고 엄마는 과일을 들고 나온다.

아　빠　　여보, 이제 그만 좀 해요. 그러다 정말 큰일나~.

엄　마　　알았어요. 수진아, 나와서 과일 먹어.

수 진   네~~.

수일이 방

수 일   야, 잘했어, 그렇게 하기만 하면 돼!

가 짜   무서워.

수 일   무섭긴 뭐가 무서워! 너 나랑 똑같아서 들킬 염려 없다니까!

수 일   야 저기 좀 봐~~ 신문 보고 있는 사람 보이지? 저 사람이 우리

          아빠야.

가 짜   아빠?

수 일   응. 이름은 정재우, 기억해놔~! 그리고 저기 과일 깎고 있는 사람

          보이지?

가 짜   응 무서운 아줌마.

수 일   우리 엄만데, 좀 무섭긴 해. 이름은 신은영이야.

가 짜   신은영?

수 일   그리고 저기 못생긴 애 있지?

가 짜   응 못된 애.

수 일   내 동생 수진이야. 야! 쟤랑은 웬만하면 부딪치지마. 알겠지?

          그건 그렇고. 탁자위에 과일 보이지? 가서 얼른 가져와 봐! (가짜

          수일이를 밖으로 내민다)

가 짜   싫어. 무서워.

가짜 수일이 다시 안으로 들어가려고 하지만 문이 열리지 않는다.

아 빠   수일아! 왜 그러니?

가 짜   아, 아니예요.

엄 마   청소는 다했니?

가 짜   네. (과일을 가지려고 한다)

엄 마   15점이나 맞고 뭐한 게 있다고, 넌 과일이 넘어가니?

아 빠   당신도 참, 먹는 거 가지고 왜 그래?

엄마 부엌으로 들어가자, 수일이 포기하고 방으로 간다.

아 빠   수일아. 이리 좀 와봐. 엄마가 저러시는 거 너도 이해하지. 니가

        미워서 그러는 건 아니야~!!

수 진   미워서 그런 거지 뭐!

아 빠   수진아!

        그래, 우리 앞으로 조금만 더 열심히 하자. 과일 갖고

        들어가 봐.

수 진   아빠! 오늘 따라 오빠가 좀 이상한 것 같지 않아?

아 빠   이상해?

4장. 가짜 수일이 길들이기

가짜 수일이는 방학 숙제를 하고 있고 수일이는 텔레비전을 보고 있다.

수 일　　으하하하하, (텔레비전 끈다) 야, 뭘 봐! 야, 너 숙제는 다했어? 글씨 꼬락서니 좀 봐라. 내가 발가락으로 써도 이 것보단 잘 쓰겠다. 좀 똑바로 써라. (머리를 때린다)

가 짜　　씨! 왜 때려?

수 일　　씨 왜 때려?? 너 쥐로 돌아가기 싫어?

가 짜　　아, 알았어.

수 일　　빨리 좀 해라. 숙제가 산더미처럼 쌓였단 말이야.

가 짜　　지금 열심히 한단 말이야.

수 일　　(혼잣말) 이야, 천국이 따로 없구면. 이런 걸 두고 자유라고 하는 거겠지? 으하하하 (오락한다) 뭘 봐!

　　　　(엄마 등장)

수 일　　너 똑바로 해!!

엄 마　　수일이 뭐하니?

가 짜　　네, 공부해요.

엄 마　　뭐, 공부? 별일이네. 네가 공부를 다 하고? (화장실로 가며) 오늘은 해가 서쪽에서 떴나?

엄 마　　수일아! 수일아!

가 짜　　네.

엄　마　너, 비누 못 봤니?

가　짜　(당황하며) 못,봤,는,데요.

엄　마　그런데, 왜 말을 더듬고 그래? 이상하다. 분명 어제 새로 꺼냈는
데 쥐가 물어갔나.
그건 그렇고, 너 숙제는 잘하고 있어?

가　짜　네.

엄　마　그래! 가지고 와 봐. 어디 보자. 너 글씨가 전보다 더 좋아진 것 같
다. 너 이거 정말 네가 쓴 거 맞아!

가　짜　맞는데요.

엄　마　혹시 수진이 시킨 것 아냐?

가　짜　아닌데요.

엄　마　그래 알았어. 열심히 해~ 기특한 녀석.

　　가짜 수일이 슬금슬금 방으로 들어가고 엄마는 과일을 가져온다.

엄　마　수일아, 수일아! 나와서 과일 먹어.

수　일　(가짜 나오려는 것을 끌어내고 나오며) 네!

엄　마　공부하기 힘들지?

수　일　(겸연쩍어 하며) 아니예요.

엄　마　녀석, 우리 힘들어도 조금만 힘내서 하자.

수　일　네(눈치보다), 엄마~ 저 이거 갖고 가서 공부하면서 먹을게요.

엄　마　그래 그럼, 더 먹고 싶으면 이야기 해.

수 일   (들어가며) 네!

아 빠   여보~ 나왔어!

엄 마   (방으로 따라 들어가며) 다녀오셨어요? 오늘은 잘 됐어요?

아 빠   송부장에게 부탁은 했는데…….

엄 마   그래서요?

아 빠   잘 안 될 것 같아~.

엄 마   아휴~~잘 될 줄 알았는데.

엄 마   여보 요즈음 수일이가 참 많이 변했어요. 공부도 열심히 하고 제

            말도 얼마나 잘 듣는지 몰라요.

아 빠   허허, 녀석. 이제야 철이 드는 모양이네~~.

수일이 방

  수일이 과일 먹으며 만화를 보고 있다. 가짜가 과일을 먹으려고 하자 못 먹
게 한다.

수 일 어디다가 손을 대. 너 숙제 다 했어?

가 짜 지금 열심히 하고 있잖아

수 일 빨리해라, 쥐로 돌아가고 싶으면.

가 짜 알았어.

안방

엄 마　여보, 혹시 화장실 비누 못 봤어요?

아 빠　아침까지 멀쩡히 있던데.

엄 마　그런데 그 비누가 감쪽같이 사라졌단 말이에요.

아 빠　수일이한테 물어보지, 그 녀석 워낙 별나잖아~.

엄 마　수일이도 모른대요.

아 빠　그럼, 아직도 집에 쥐가 있나?

엄 마　쥐요?

수일이 방

수 일　야! 비누 네가 그런 거지?

가 짜　미안. 습관이 되서 나도 모르게 그만.

수 일　다음부터 그러지마.

가 짜　알았어. 그런데 아줌만 이렇게 숙제만 하면 좋아 하는 거야?

수 일　아줌마가 뭐야. 엄마지! 따라해 봐!! 엄마.

가 짜　엄마.

수 일　똑바로 해.

가 짜　알았어.

5장. 혼자 남은 수일이

가족들 바쁘게 여행갈 것을 챙기고 있다.

가 짜   여행? 여행 (사전을 찾아본다) 여행은 "가족이나 친구와 함께 산
          이나 바다로 놀러가는 것." 이런 거구나.

엄 마   여보, 여기 좀 들어 보세요.

아 빠   당신은 뭘 이렇게 많이 넣었어?

엄 마   이 정도는 챙겨야 바가지를 안 쓰죠~. 그런데 가면 바가지가 얼
          마나 심한지 알아요?

아 빠   그래도 그렇지~ 여보 내가 할 테니까 얼른 들어가 봐요.

엄 마   알았어요. 늦었다. 수일아, 수진아, 얼른 챙겨서 나와!

가짜&수진   네!

수 진   엄마, 내 수영복.

엄 마   그것은 엄마가 챙겼으니, 갈아입을 옷 챙겨.

가 짜   (옷을 주며) 엄마 여기요.

엄 마   (옷을 받으며) 그래 잘 챙겼네~. 수일아, 안방에 가서 엄마, 선글
          라스 좀 챙겨줄래.

가 짜   네~ 알았어요.

수 진   엄마, 여기

엄 마   다 챙겼니? 칫솔은?

수 진   (화장실에서) 엄마, 새 칫솔은?

엄　마　　서랍장 세 번째 칸. 어머, 내 정신 가스밸브를 잠갔나?

가　짜　　엄마, 선글라스요!

엄　마　　탁자위에 둬.

가　짜　　(호주머니에서 통지서를 꺼내며) 해·고·통·지·서.

수　진　　(나오며) 오빠, 뭐해.

가　짜　　(얼버무리며) 엄마가 선글라스를 다 챙겼어?

수　진　　아~ 이상하다. 뭔가 하나 빠졌는데. 아, 일기장!

아　빠　　여보, 돗자리 어디 있어요?

엄　마　　창고에 있잖아요!

수　진　　엄마, 빨리 가요?

엄　마　　수일아! 수일아. 빨리 나와! 늦겠다.

수　진　　빨리 안 나오면 우리끼리 간다.

가　짜　　같이 가요.

아무도 없는 집에 수일이 들어온다.

수　일　　엄마, 엄마! 어? 수진아~~ 아무도 없네. 아 맞다. 오늘 가족끼리
　　　　　여행 가기로 한 날이었지.

수　일　　(텔레비전을 보다가 끄며) 그나저나 어디쯤 갔을까? 생각 할수록
　　　　　열 받네. 아니 우리가족끼리 가는 여행에 제가 왜 따라 가고 난리
　　　　　야, 이 자식 오기만 해봐라~ 빨리 왔어야 되는 건데~ 아 배고파.

수　일　　(부엌을 나오며) 뭐야! 죄다 다 가져 갔잖아. 아 재미난 것 없나?

(혼자서 논다) (전화기를 잡고) 정우랑 정영이 자식 오늘 학원 간다고 그랬지? 이 자식들은 공부가 그렇게 재밌나? 아, 놀 사람도 없고……. 오늘은 그냥 여기서 텔레비전을 보면서 자야겠다!

수 일 여긴 좀 더럽지! 히히 (수진이 이불 갖고 와서)
　　　 리모콘이 어, 아빠 이름이네!

수 일 해고통지서, 귀하는 2008년 8월 1일부로 해고되었음을 알려드립니다. 해고? 아빠가 직장에서 쫓겨났단 말이야. 아, 그럼 우리 집은 이제 어떻게 되는 거야?

수 일 (천둥소리) 엄마 아빠도 없는데 왜 천둥번개까지 치고 난리야!
　　　 (노래 부른다) 엄마 아빠 보고 싶다. 엄마, 아빠~.

　　아침이다. 수일이는 거실에서 자고 있다.

엄 마 수진아, 그러지마~.
수 진 몰라. 하루 더 있다 오기로 했잖아~.
엄 마 다음엔 더 좋은 곳에 놀러가자~.
수 진 나 삐졌어. 흥.
엄 마 여보~ 얼마나 남았어요?
아 빠 나 시간 없어.

　　엄마 아빠는 안방으로 수일이는 소라 고동을 들고 온다.

수 진   오빠, 뭐해.

가 짜   소라 고동 소리 듣고 있어. 들어볼래?

수 진   와, 신기하다. 바닷소리가 들려. 이렇게 좋은 걸 조금만 더 놀다

         왔으면 좋았잖아!

가 짜   그건 그래~그래도 바이킹도 타고 수영도 하고 재밌었잖아~.

엄 마   여보 여보 잠깐만요. 잘하고 와야 돼요..

아 빠   알았어~.

수 진   아빠 어디가요?

아 빠   아빠 잠깐 나갔다 올 거야~.

수 진   엄마, 나 친구들이랑 놀다 오면 안 돼요?

아 빠   어 저게 왜 저러지??

엄 마   그래. 늦지 않게 조심해서 갖다와~, 여보 서둘러요~~.

         잘 다녀오세요~ 수진아 잘 가~.

가 짜   수진아 잘 갔다와~ 잘 다녀오세요.

엄 마   수일이는 안 나가?

가 짜   전 책이나 좀 볼래요.

     가짜 수일이 수일이 방에 들어가자 수일이 나와 엄마에게 달려든다.

수 일   엄마, 엄마~~ㅠㅠ.

엄 마   수일아 왜 그래~ 무슨 일이야?

수 일   엄마 좋아서요.

엄　마　　아우 왜 그래~ 더워~ 얼른 나와 엄마 짐정리 해야 돼!

수　일　　엄마! 날씨는 좋았죠?

엄　마　　애 좀 봐~ 더워서 그렇지 날씨는 좋았잖니?

수　일　　맞다. 근데 아빠는?

엄　마　　허, 방금 일보러 나 가셨잖아?

수　일　　그, 그렇지 참.

엄　마　　왜, 아빠한테 할 이야기 있어.

수　일　　아, 아니예요. 저 들어가 볼게요.(방으로 들어간다)

엄　마　　그래 쉬어~ 원, 녀석 싱겁긴.

6장. 수일이와 수일이

　동생과 가짜 수일이가 거실에 있다. 진짜 수일이 들어오다가 가짜 수일이를 보고 현관문에 서서 쳐다보고 있다.

가　짜　　이건 여기다가 이렇게 감고, 이건 중심을 으이차
　　　　　자, 다 됐다~ 멋지지?

수　진　　이거 오빠가 만든 거야?

가　짜　　응, 이거 너 줄까?

수　진　　진짜?

가 짜   그래 너 가져~.

수 진   정말? 이거 나 해도 돼?

가 짜   그렇다니까!

수 진   우와 신난다. 오빠 고마워~.

가 짜   고맙긴 뭘 이런 걸 가지고?

수 진   이상하다~ 예전엔 이런 것 달라고 해도 절대 안 주더니!

가 짜   내가 그랬나? 앞으론 그런 일 절대 없을 거야~.

수 진   정말이지??

가 짜   그럼~~ 약속!

수 일   (밖에서) 쟤가 언제부터 오빠였다고.

가 짜   수진아 저기 가 봐~ 내가 날리는 것 가르쳐 줄게~.

수 진   그래 알았어.

　　수일이와 수진이는 글라이드를 날리며 놀고 있다. 수일이 기다리다 앉다가
소리가 난다.

수 진   오빠, 무슨 소리 못 들었어?

가 짜   못 들었는데?

수 진   저 쪽에서 무슨 소리가 났는데?

가 짜   무슨 소리가 났다고 그래?

가 짜   수진아, 너 학원 갈 시간 다됐다.

수 진   어 정말이네. 오빠 나 갔다 올게~.

가　짜　　　　그래. 잘 갔다 와~.

　　　수진이 나가자 수일이 들어온다.

수　일　　　　야, 야!

가　짜　　　　왜?

수　일　　　　너 내가 나오라고 하는 것 봤어? 못 봤어?

가　짜　　　　못 봤는데?

수　일　　　　너 거짓말 할래? 내가 여기서 신호 보냈잖아.

가　짜　　　　못 봤다니까!

수　일　　　　너 요즘 이상하다.

가　짜　　　　내가 뭘?

수　일　　　　그 태도 말이야.

가　짜　　　　내 태도가 어때서?

수　일　　　　야! 너 이런 식으로 할 거면 우리 집에서 나가!

가　짜　　　　여긴 우리 집이야! 나가려면 네가 나가?

수　일　　　　뭐? 여긴 우리 집이야! 그리고 너 쥐로 돌아가고 싶다고
　　　　　　　나한테 그랬잖아?

가　짜　　　　그때는 그때고, 난 지금 이대로가 좋아!

수　일　　　　너 이러기야! 너 우리 집에서 나가라구!!

가　짜　　　　나가려면 네가 나가!

수　일　　　　뭐!! 좋아 네가 가짜라는 것. 우리 엄마, 아빠한테 말 할 거야.

가　짜　　　(크게 웃으며) 그래 말해라.

수　일　　　뭐?

가　짜　　　(웃으며) 너 바보냐? 아빠가 회사에서 잘린 거 알아? 몰라?

수　일　　　그걸 네가?

가　짜　　　그리고 너랑 나랑 이렇게 둘인 걸 엄마가 보게 되면 충격이 꽤 크

　　　　　　실 텐데, 이번에 엄마가 병원에 가게 되면 죽을지도 모른다지?

수　일　　　뭐, 너 그걸 어떻게?

가　짜　　　그건 알거 없고, 잘 생각해 보셔. 야, 물이나 좀 갖고 와!

수　일　　　뭐라구?

가　짜　　　싫어, 싫음 말구. 엄마한테 전화나 해볼까!

수　일　　　알았어.

　　수일 물을 가지러 부엌으로 들어간다.

가　짜　　　빨리 안가?

7장. 고생시작

수일이 숙제하다 잠을 자고 있다. 가짜 수일이는 방에서 쥐와 놀고 있다.

가 짜   야, 너희들 조심해. 내가 대장이긴 해도, 이 집 식구들한테 들키면 골치 아프니까!

쥐 들   찍찍.

가 짜   여기 비누, 가지고 놀고 있어~~. (커튼 닫는다)

가 짜   (나오며) 어쭈, 야! 일어나! 일어나라구! 너 숙제는 다 했어?

수 일   지금 하고 있잖아.

가 짜   지금 하고 있잖아? 공책 이리 내~ 이리 내! 야, 글씨가 이게 뭐냐? 너 지금 공책 잡았어? 엄마한테 확 다 말한다. 이게, (수일이를 한 대 때린다) 요즘 말을 안 들어. 일어나봐, 너 앞으로 나가~~.

수 일   왜?

가 짜   너 옛날 생각나지? 수일이방, 화장실, 안방, 수진이방, 부엌! 수진이방, 수진이방!, 부엌, 똑바로 해라~ 야,

엄 마   와? 우리 수일이 공부하고 있네.

수 일   다녀오셨어요?

엄 마   너 왜 땀은 이렇게 흘려~~ 어디 아픈 거야?

수 일   아 아니예요. 공부를 열심히 했더니 땀이 다 나네요.

엄 마   그래. 이제 네가 이제 철이 드는가 보다. 기특한 녀석 아참! 너 용

돈 떨어졌지. (용돈을 내밀며) 자, 아껴 써!

수 일   괜찮아요.

엄 마   아니야! 요즘 아이들 돈 쓸데가 한두 군데니! 우리 수일이 이렇게

공부하고 있는 모습 보니까! 엄마가 참 기분이 좋다. 진작 이렇게

했으면 얼마나 좋니~.

수 일   근데, 이 시간에 웬일이세요?

엄 마   아~ 참, 내 정신 좀 봐! 도장 가지러 들어왔었는데.

수 일   엄마 아빠 돈도 없을 텐데.

엄 마   엄마 나갔다 올 테니까! 열심히 하고 있어.

수 일   네 다녀오세요.

엄 마   수일아, 수일아! 엄마 지갑 못 봤어?

수 일   여기 있네요.

엄마 나가자, 가짜 방을 나오다, 다시 들어오는 엄마에게 놀라 들어간다.

가 짜   (나오며) 이리 줘!

수 일   뭘?

가 짜   다 봤다~.

수 일   싫어~ 이 돈은 내가 받은 거라구.

가 짜   싫어? 엄마한테 다 말한다!

수 일   (돈을 준다)

가 짜   이게 웬 떡이냐? 이걸로 정우랑 피시방을 갈까? 아니지 떡볶이나 사먹어야지~~.

가 짜   야~ 너 이제부터 나한테 존댓말 써라!

수 일   너 계속 이러기야?

가 짜   왜, 싫어? 엄마 전화번호가.

수 일   아, 알았어~.

가 짜   알았어?

수 일   ……요.

가 짜   그래, 그렇지, 듣기 좋잖아.

8장. 내가 좋아.

수일이 집에서 방학 숙제를 하고 있다.

수 일   아, 이렇게 하는 거구나. 이렇게 쉬운 걸 왜 진작 몰랐지?

가 짜   (가짜 무심코 들어오다가 수일이를 보고) 왜?

수 일   그러다가 들키면 어쩌려고 그래?

가 짜   있어?

수 일   아니~~.

가 짜   이게 진짜! 오늘 되는 일이 하나도 없네~~.

수 일	무슨 일 있었어?
가 짜	있었어??
수 일	……요.
가 짜	너 숙제는 다 해 놨어?
수 일	여기. (공책을 내민다)
가 짜	(한참을 보다가) 야, 너 미쳤냐? 글씨도 예쁘고 열심히 해라. 공부 해서 남 주냐? 아~~ 아까 먹은 떡볶이가 잘못됐나?? 아, 배야. ㅠㅠ (화장실로 들어간다)

수진이가 들어온다.

수 진	오빠 공부하는구나!
수 일	그런데 이 시간에 웬일이야?
수 진	오빠가 지난번에 만들어준 글라이더 있지?
수 일	어?
수 진	왜 있잖아. 글라이더.
수 일	어어, 그래.
수 진	그거 친구들한테 자랑하려고 가지러왔어.
수 진	어, 여기 있네~~ 오빠 오빠~.

수진이 방에 들어가자 수일이 얼른 부엌으로 가 숨는다. 가짜 화장실에서 나오다 수진이와 만난다.

가 짜　　　아~ 시원하다.

수 진　　　헉, 오빠 아까 안방에 들어갔잖아~.

가 짜　　　내가 언제?? 나 여기 있잖아~.

수 진　　　(놀람)

가 짜　　　너 점심 먹었어?

수 진　　　아, 니!

가 짜　　　너 배고프지?

수 진　　　그런 것 같기도 하고.

가 짜　　　너 배고파서 헛 것을 본 거야.

수 진　　　그, 그런가?

가 짜　　　너, 근데 왜 왔어?

수 진　　　그, 글라이더!

가 짜　　　그, 글라이더가 왜?

수 진　　　친구들한테…….

가 짜　　　그래 너 친구들 만나기로 했지?? 친구들 기다린다. 얼른 가 얼른!!

수 진　　　아, 알았어~~.

가 짜　　　늦었다! 빨리가 빨리!

수 진　　　그, 그래 갔다 올게.

가 짜　　　잘 갔다 와~~~ 휴~~.

수 일　　　야~ 갔어?

가 짜　　　그래~~ 갔다. 야, 과자 좀 가져와!

수 일   여, 여기~~. (과자 먹으려다가)

가 짜   어디다 손을 대~.

수 일   (눈치를 보며) 그런데, 진짜 아무 일 없었어?

가 짜   없었어?

수 일   ……요?

가 짜   아! 야, 일어나봐!

수 일   왜?

가 짜   너 정영인가 뭔가 하는 애 시켜서 고양이 가져오라고 그랬지?

수 일   무슨 소리야?

가 짜   이게 어디서 발뺌이야? 내가 그 따위 고양이로 도망갈 줄 알았
         어? 이게 요즘 자꾸 잔머리를 굴려요. 하여간 아빠나 아들이나 똑
         같다니까!

수 일   야, 야! 너, 우리 아빠 욕 하지마.

가 짜   야, 그래서?

수 일   나를 욕하는 건 괜찮은데, 우리 아빠 욕하지 말라고! 아 나쁜 놈
         아~!

가 짜   그래서 한 대 치시려고?

수 일   이게 진짜!

가 짜   한대 쳐봐~ 쳐봐~ 못 때리겠지? 그 아빠에 그 아들이라니까.

　수일이 못 참고 가짜 수일이와 티격태격 싸운다. 수일이가 밀린다. 인기척
이 나자 가짜 퇴장한다.

엄 마	수일아! 수일아! 무슨 일이야~
아 빠	수일아~ 왜 그래? 어디 다쳤어?
수 일	아무것도 아니예요. 그냥 넘어졌어요.
아 빠	조심해야지!
엄 마	여보~ 구급상자 좀 갖고 오세요?
엄 마	수일아 이쪽으로 와서 앉아~.

(아빠 구급약품 갖고 온다.)

아 빠	잘생긴 얼굴에 흉지겠네~ 조심해야지~~.
엄 마	아파도 좀 참아!
아 빠	참 내 정신 좀 봐(들어감)
엄 마	(정색하며) 수일아~ 오늘 너희 아빠가 새 회사에 취직했다.
수 일	(일어서며) 네! × 1,000,000
엄 마	사실, 아빠가 다니던 회살 그만 두고 새 회사에 취직했단 말야!
수 일	정말요?
엄 마	엄마가 요즘에 그 일 때문에 좀 예민했던 것 같아. 우리 착한 수일이 옆집 정우랑 비교하고, 시험 못 쳤다고 야단치 것 미안해.
수 일	아, 아니예요.
아 빠	이야~ 우리 수일이 이제 멀쩡하네~ 역시 우리 아들이야~ 여보 우린 얼른 갑시다.
엄 마	알았어요. 수일아 엄마 아빠 잠깐 나갔다 올게~.
수 일	다녀오세요. (수일이 잠시 생각하다 뛰어 나가며) 엄마, 엄마.
가 짜	(독백) 앗, 이거 어떻게 하지? ＿ ＿a 그래.

방에 들어간다.

가 짜   야, 발톱! 저 놈을 쥐로 만들어 버려야겠어.

쥐 들   찍찍.

가 짜   괜찮아~~.

쥐 들   찍찍.

쥐의 발톱을 깎는다. 발톱을 과자에 넣는다.

가 짜   왔어?

수 일   이제 그만 나가줘. 그따위 협박 소용없어.

가 짜   야~아까 보기 좋더라. 내가 다쳤을 때 우리 엄마아빠도 그렇게 했었는데. 잘 계실까? 엄마, 아빠 보고 싶다.

수 일   그럼 빨리 돌아가면 되잖아.

가 짜   그럴까?

수 일   뭐, 정말이야?

가 짜   그래. 갈 땐 가더라도 우리 화해는 해야겠지?

수 일   화해! 그래.

가 짜   아, 아까 과자 못 먹게 해서 섭섭했지? 이거 먹고 화해하자. (과자를 내민다).

수 일   (과자를 먹으려다) 너 설마, 여기다 뭐 넣은 건 아니지?

가 짜   아니야, (먹는다) 자, 봐.

수일이 과자를 다 먹는다.

가 짜	(웃는다) 다 먹었냐? 바보 같은 놈아! ㅋㅋ.

가 짜   (웃는다) 다 먹었냐? 바보 같은 놈아! ㅋㅋ.

수 일   뭐?

가 짜   너 정말 날 믿은 거야? 하여튼 어리석은 인간들이란. 내가 거기다
　　　발톱을 넣었거든. (웃는다)

수 일   우웩, 너 끝까지? 야! (달려든다)

가 짜   이게~ 힘도 없는 게.

수 일   이 나쁜 놈아~

가 짜   놔~ 놓으란 말이야. 야! 쥐로 사는 것도 나쁘지 않아. 쓰레기통도
　　　뒤지고 나름 재미있다구~. 야 울지마~ 엄마 아빠 내가 잘 모실
　　　게. 어, 그리구 네가 싫어하던 수진이도 내가 완전 사랑해줄게~
　　　이제 이 집, 모두 다 내꺼다. 내가 정수일이라구. 내가 진짜 수일
　　　이라구!

수 일   안 돼!

가 짜   잠깐, 배가 왜 이렇지. 바뀐 거야?

가짜 수일이 화장실로 들어가고 화장실 문을 열자 쥐가 빠져 나간다.

제9장. 내 가족이 좋아

아빠와 수진이는 파티 준비를 하고 있다.

수 진	아하 하하하~~ 예쁘다~.
엄 마	수진아~ 너 그렇게 좋아?
수 진	응, 예쁘지?
엄 마	그래, 예쁘네!
수 진	아빠, 이것 좀 세워주세요~.
아 빠	알았어~.
엄 마	수일이가 왜 이렇게 늦지? 혹시 또 친구들이랑 놀고 있는 거 아니야?
수 진	아니야. 요즘 오빠가 얼마나 달라졌는데.
아 빠	그래요. 믿고 기다려 봐요?
엄 마	알았어요.
엄 마	근데 해도 해도 너무 늦네.
아 빠	기다려 보자니까! 그러지 말고 이것 좀 봐요~ 어때?
엄 마	너무 예뻐요~.
수 일	다녀왔습니다.
엄 마	왜 이렇게 늦었어?
아 빠	수일이 왔니?
수 일	우리 동네 없기에, 옆 동네 까지 다녀왔어요.

엄　마　　그랬어? 수고했다.

수　일　　와~ 멋있다.

엄　마　　이거 아빠랑 수진이가 다 만든 거야!

수　일　　정말요?

수　진　　그럼~~~.

수　일　　나도 고깔모자 줘~.

수　진　　이건 엄마 것, 이건 오빠 것, 이건 아빠 것.

엄　마　　우리 수일이 너무 멋있는데

수　일　　히히

엄　마　　요즘 엄마 너무 행복하다. 우리 수일이가 공부도 너무 열심히 하
　　　　　고 엄마말도 잘 듣고.
　　　　　오랜만에 파티 하니까 정말 좋지??

자식들　　네~~.

아　빠　　우리 다 같이 촛불 끌까?

엄　마　　자, 잠깐. 당신 취직도 됐는데 소원 하나씩 빌어요.

아　빠　　소원, 그래. 소원 다들 빌었어??

엄　마　　당신 무슨 소원 빌었어요?

아　빠　　우리 가족 지금처럼 행복하라고 빌었죠.

수　진　　난, 이번 시험에서 올백 맞게 해달라고 빌었다.

아　빠　　녀~석!

엄　마　　우리 수일이 소원이 궁금한데…….

수　일　　꼭 말해야 되요?

엄 마   얼른 얘기해봐.

수 일   혼 안내실거죠?

엄 마   그럼~.

수 일   학원 안 가게 해 달라고 빌었죠.

엄 마   (화내며) 야, 정수일. (아빠, 수진은 놀람)

수 일   헤헤, 사실은요. 엄마, 아빠, 수진이, 우리 가족 모두 행복하게 지
              냈으면 좋겠다고요.

엄 마   깜짝 놀랐잖니? 자, 그럼 촛불 끄자. 하나, 둘.

수 일   줘, 줘다!

     엄마, 아빠, 수진 으악!

모두들   수일이 너~~~!!!

(끝)

콧구멍이 벌렁벌렁

윤조병 · 박영주

무대

수락산을 중심으로 하는 노원 일원과 이 지역의 역사와 현재가 서사의 배경이
다. 중심 무대는 수락산장과 내원암자와 노원아파트, 주변 무대는 수락산 길
라잡이로 계곡, 능선, 산봉우리이다.

인물

대 성　　　초등교 저학년 남자아이.

달 봉　　　아기돼지.

할버지　　　대성의 할아버지.

할머니　　　대성의 할머니.

엄 마　　　대성의 어머니.

아 빠　　　대성의 아버지.

동자들　　　금동자 · 은동자 · 옥동자.

* 연기자 4-5명이 일인다역으로 역할을 한다. 연주와 음향효과는 목탁, 종,
정주, 북, 피리로 구성하거나 하모니카, 실로폰, 캐스터네츠, 탬버린 등으로
구성한다.

1장. 동생을 주세요.

　연주 팀 혹은 출연 배우가 따뜻하고 즐거운 분위기의 음악을 연주하면서 지도한다. 배우 중 달봉이를 제외하고 누구든 좋다.

배우1,2　　여러분, 안녕하세요. (반응에 응답하고) 여러분에게 노래를 선물

하겠어요. 아주 쉬운 노래에요. (노래지도를 한다)

아! 어느 산천이 우리 마을보다 더 아름다울까

아! 세상의 무엇이 우리 마음보다 아름다울까

세상의 무엇이 아름다울까 이렇게 아름다울까

　　　　　　　　－ 세상의 무엇이 이보다 아름다울까

　노래지도가 끝나고, 배우1,2가 퇴장한다. 조명이 엷게 바뀌면서 미륵보살의 온화한 얼굴이 무대에 나타난다. 새의 깃털이 경쾌하게 날아와서 미륵보살의 코를 살랑살랑 간질인다.

미 륵　　(코를 실룩거리다가) 에, 에, 에취!

　어디선가 아이들이 까르륵 웃는다. 미륵보살이 급히 웃음을 멎고, 온화한 얼굴이 된다. 깃털이 살랑살랑 맴돌다가 방향을 바꾼다. 그곳에 엷은 조명이

떨어지면, 예수님의 온화한 얼굴이 나타난다. 깃털이 예수님의 코를 살랑살랑 간질인다.

예수님　　　(코를 실룩거리다가) 에, 에, 에취!

　　어디선가 아이들이 하하하 웃는다. 예수님이 급히 웃음을 멎는다. 깃털이 살랑살랑 맴돌다가 다른 곳으로 날아간다. 그곳에 조명이 떨어지면, 대성이는 이쪽 도시 아파트 마당에서 달을 바라보면서 자전거 페달을 밟다가 하모니카를 불고, 달봉이는 저쪽 산장 나무 등걸에 앉아서 역시 달을 보면서 하모니카를 연습하는데 잘 안 되는지 꿀꿀 노래를 한다. 그들은 멀리 떨어져 있는데, 옆에 있는 듯 행동한다.

대　성　　　하느님, 부처님, 저는 외아들이라 쓸쓸합니다. 동생을 하나 주세요.

달　봉　　　어? 저건 달인데?

대　성　　　엄마 아빠한테 동생을 달라니까 두 분께 부탁하래요.

달　봉　　　형, 저건 달이여.

대　성　　　하느님, 크리스마스가 몇 번 지나갔죠? 부처님, 석탄일이 몇 번 지나갔죠? 찬송하고, 염불하고…… 괜히 요란하기만 하고 소원은 안 들어주셨어요. 미워요!

달　봉　　　형, 저건 하느님도 부처님도 아냐. 달이야, 예쁜 초승달!

대　성　　　내 눈엔 하느님이고 부처님이야. 가만, 내가 어디까지 했지?

달 봉	형이 씨! 하고 욕했어. 잘못했다고 사과해.
대 성	(속삭인다) 내가 또 욕했니?
달 봉	응. 사과할 차례야. 늘 그랬잖아.
대 성	너는 하모니카 연습한다면서 꿀꿀이냐?
달 봉	연습 많이 했어. 아니 조금 했어. 아니 하다가 어려워서 노래했어.
대 성	노래도 꿀꿀 듣기 싫게 하면서!
달 봉	형은 기도할 때 맨 날 욕하면서!
대 성	내가 욕을 크게 했니? 다 들렸을까?
달 봉	그럼! 빨리 빌어.
대 성	(사과한다) 잘못했어요. 실수했어요. 아니, 이 입이 오버 했어요. 부처님, 하느님, 관세음보살님, 산타할아버지님! (큰절을 한다) 이렇게 빌게요. (한 번 더 큰절을 하고) 오우 케이!

대성이가 페달을 힘차게 밟으면서 하모니카를 열심히 분다. 달봉이는 꿀꿀 거리면서 나무 둥걸을 맴돈다. 둘의 옷깃이 바람에 휘날린다.

2장. 대성이네 저녁식사

대성이네 거실이다. 엄마와 아빠가 음악에 맞춰 춤을 추듯 저녁상을 차린다.
탁자와 의자를 옮겨오고, 테이블 커버를 펴고, 수저를 놓고, 반찬을 놓고,
국과 밥을 차린다.

대 성   (엉뚱하게, 엄마에게) 어흥!

엄 마   갑자기 웬 호랑이니?

아 빠   새끼 호랑이구나.

대 성   엄마, 동생 낳아주면 안 잡아먹지. 어흥!

엄 마   얘가 이게 무슨 소리야.

대 성   동생 낳아주면 밥 많이 잘 먹지.

아 빠   대성이가 동생 갖고 싶구나! 부전자전이다! 여보, 나도 막내 하나
           낳아주면 안 잡아먹지. 어흥!

대 성   꿈을 꿨어요.

아 빠   나도!

엄 마   당신까지 왜 이래요.

아 빠   (꼬리를 내리고 자리에 앉는다)

엄 마   대성아, 엄마가 네 동생을 낳고 싶지만 지금은 힘들어. 나중에 꼭
           낳아줄게.

대 성   나중에는 못 낳는데…….

엄 마   뭐?

대 성   할머니가 그러셨어요. 때가 있는 거라고요.

엄 마   아빠랑 엄마가 일을 더해서 집을 사고, 차를 바꾸고, 그 다음에.

대 성   …… (앞질러) 더 큰 집, 더 큰 차를 사야지요.

엄 마   아니, 쟤가?

대 성   엄마, 동생 낳아주면 에브르데이 잉글리쉬 스터딩 베리 하드!

아 빠   여보. 나도 대성이 동생 낳아주면 에브리데이 머니머니 워킹 베
         리 하드!

엄 마   당신은 애하고 똑같이. 대성이, 당신! 잘 들어요. (대성이와 아빠
         가 긴장한다) 대성아, 엄마는 너 하나도 벅차. 영어놀이학원, 태
         권도, 피아노, 컴퓨터 다 배워야 하잖아. 수영이랑 수학도 배워야
         하는데 동생까지 생기면 더 벅차. 엄마가 아르바이트까지 해서
         애기 분유랑 기저귀를 사야할지 몰라. 엄마가 더 늦게 들어오면
         좋겠니?

대 성   (시무룩하니) 아니요. 학원은 더 안가도 되는데…… 영어랑 수학
         안 다니고, 애기 분유랑 기저귀 사면 안 돼요? 내가 동생이랑 놀
         아주면 되잖아요.

엄 마   영어 수학 못 한다고 애들한테 왕따 당하면? 학원은 다녀야 해.
         알았어?

대 성   (마지못해) 네…….

엄 마   여보, 청약저축하고 적금을 쪽박 깨듯 다 깨버릴까요? 임신휴가
         후에는 후배들이 윗자리 차고앉고, 내가 후배들한테 굽실거리면

좋아요?

아 빠   아니, 뭐 그냥 들으니까 주위에서 애들을 빨리 낳아 키   우는
          게 돈 버는 거라고 그래서…… 여보, 스트레스 받지마. (분위기
          를 확 바꿔서) 대성아, 주말에 할아버지 산장에 가자. 달봉이도
          만나고!

대 성   (시무룩하게) 네. (일어선다)

아 빠   (대성에게 다가가서 노래로 달랜다) 대성아, 아빠는 너 하나뿐이
          다!

    대성이가 아빠와 장난을 하다가 뛰어나가고, 엄마와 아빠는 상 차리는 역
순으로 상을 치우는데 그 진행에 따라 조명이 어두워진다. 거실이 어두워지
면서 베란다에서 대성이가 자전거 페달을 밟으며 하모니카를 불다가 기도를
한다.

대 성   부처님, 하나님, 저는 대한민국 서울특별시 노원구에 사는 김대
          성이입니다. 동생을 꼭 가지고 싶어요. 남자 동생이요. 남자들끼
          리는 통하는 게 있거든요. 여자동생도 예쁜데? 어쨌든 동생이 무
          지 무지 무지 갖고 싶어요. 아! 하느님 부처님, 작년에는 종교적
          으로 인간적으로 너무 하신 거 알죠? 이번에는 동생을 꼭 주세요.
          관세음보살, 아멘, 오케이!

3장. 수락산장 우리 할아버지

대성이네 세 식구가 수락산 산장에 도착한다. 대성이 먼저 달려가 할아버지에게 안긴다.

대　성　　　(포옹을 풀고, 배꼽인사로) 할아버지, 만수무강하시옵니까?

할버지　　　할아버지는 매일매일 우리 손자 보고 싶었다.

　　　　　　우리 손자 고추는 잘 있는지 어디 보자.

대　성　　　(쑥스러워서) 히히. 고추 잘 있어요. 히히.

할버지　　　허허, 고 녀석!

엄　마　　　아버님 저도 왔어요. 안녕하셨어요?

할버지　　　오냐, 어서 온!

아　빠　　　아버지, 아들도 왔습니다. 그간 편안하셨는지요.

할버지　　　그래! 어서 와라. 앉아라. 내 칡 좀 갈아 줄까! (들어가다가)

　　　　　　대성아, 달봉이가 기다린다!

대　성　　　네! 달봉아!

달봉이는 귀여운 아기돼지이다. 귀여운 캐릭터로 나온다.

달　봉　　　꿀꿀, 꿀꿀꿀!

대　성　　　달봉아, 그 동안 잘 지냈니?

달 봉   꿀꿀!

대 성   많이 컸네.

달 봉   꿀꿀!

대 성   너 혼자 다니면 안 되겠다. 누가 잡아다가 홀라당 구워먹으면
         어떡해.

달 봉   꿀꿀……. (숨는다)

대 성   하하. 걱정 마. 형은 너 안 잡아먹는다! 약속!

둘이 약속하고 도장을 찍고 인쇄까지 한다.

대 성   달봉아, 형이 요즘 네 이름으로 기도하는 거 알지? 그거 안 들어
         주면 그냥 너를 홀라당 한다.

달 봉   꿀!

대 성   킥킥, 겁내지 마.

달 봉   꿀꿀.

대 성   달봉아, 형이 자장가 불러줄게.

대성은 싫다는 달봉이를 억지로 무릎에 눕히고, 자장가를 부른다.

대 성   잘 자라 우리 달봉, 앞뜰과 뒷동산에…….

할아버지가 칡즙을 들고 나온다.

할버지	어미야. (주고받는다) 애비야. (주고받는다) 대성이가 자장가를 불러 주냐.
엄 마	네. 아버님. 동생 낳으면 불러준다고 자장가 연습을 해요. (속삭인다) 매일 여기저기 기도하느라 아주 바빠요.
아 빠	저도 예쁜 딸 하나 더 있으면 좋겠어요, 아버지.
할버지	생길 때 되면 안 생기겠냐? 너무 걱정 말아라. (다가가서) 대성아!
대 성	예?
할버지	달봉이가 자냐?
대 성	아니요. 말똥말똥 해요. 노래를 너무 잘 불렀나?
할버지	얼마 전, 어느 나라에서 세계 자장가 대회가 열리더라. 내 노라 하는 세계적 자장가 가수들이 다 모였어. 그런데 심사방법이 특이했다. 서양아기, 아프리카아기, 동양아기를…… 그러니까 백금아기, 흑진주아기, 황금아기를 조르르 앉혀놓고…… (연기자들이 백색·흑색·황색 기저귀를 차고 조르르 앉는다) 빨리 재우는 게 일등인 게야. 나도 텔레비전에서 봤어.

할아버지가 텔레비전 틀을 세운다. 조명이 바뀌면서, 방송 장면이 재연된다.

| 할버지 | (사회자로) 지금부터 세계자장가대회를 시작하겠어요. 모차르트 자장가 나오십시오. |

　엄마가 멋진 모차르트로 분장하고 등장해서 인사를 한다. 모두 박수를 친다. 반주가 흐르고 모차르트 자장가를 부른다. 세 명은 아기가 되어 노래에 감동하는 듯 눈을 말똥말똥 뜨고 노래가 끝나자 박수를 친다. 모차르트는 아기들이 자지 않자 실망하여 제자리로 들어간다.

할버지　　　다음은 슈베르트 자장가 나오십시오.

　아빠가 슈베르트로 분장하고 등장해서 인사를 한다. 모두 박수를 친다. 슈베르트가 목소리를 가다듬는다. 반주가 흐르고, 노래를 부른다. 노래가 끝나자 이번에는 아기들이 더욱 감동하여 기립박수를 친다. 슈베르트가 실망하여 제자리로 들어간다.

할버지　　　이거 큰일이군요. 아기들이 감동은 하는데 잠들지는 않습니다.
　　　　　　이번에는 코리아 대표입니다. 한국의 자장가를 불러주십시오.

　어머니가 할머니가 되어 천천히 나온다. 여기저기서 키득거리는 소리가 들려온다. 할머니가 주위를 둘러본다. 주위가 조용해진다. 노래를 부르기 시작한다.

할머니　　　(이가 빠져 부정확한 발음으로 전래자장가를 부른다) 자장자장.
　　　　　　자장자장. 우리 아기 잘도 잔다. 꼬고 닭아 울지 마라. 우리 아기
　　　　　　잠잔다. 검둥개야 짖지 마라. 우리 아기 잠잔다. 자장자장. 자장
　　　　　　자장…….

아기가 서서히 잠에 빠진다. 노래가 끝나자 박수가 요란한데도 아이들은
계속해서 잠에 떨어져 코를 골아댄다.

할버지　　네! 한국 자장가가 세계 자장가대회에서 일등을 했습니다. 역시
　　　　　자장가는 잘 재우는 게 일등이지요. 이것으로 세계 자장가대회를
　　　　　마치겠습니다.

할아버지가 텔레비전 틀을 치우자, 모두 역할을 끝내고 가족이 된다.

할버지　　대성아. 동생한테 자장가를 불러주려면 코리아자장가를 불러줘라.
대 성　　네, 할아버지! 엄마, 코리아자장가는 왜 그렇게 졸려요?
엄 마　　그게…… 참 신기한데……. (우물쭈물한다)
할버지　　전 세계 음악가들이 우리 자장가를 연구하기 시작했단다.
대 성　　연구요?
할버지　　그래.
엄 마　　뭘 알아냈어요, 아버님?
할버지　　그게…… 그러니까…… 할머니 이가 빠졌잖니.
엄 마　　네, 아버님.
할버지　　말이 새서 노랫말이 둥글둥글하게 들려서 마음을 편하게 해주
　　　　　고…… 자장 자장을 반복하니까 귀를 편하게 해주고…… 가락하
　　　　　고 노랫말이 쉽게 만들어져서 몸과 생각이 편안해져서 그렇게 잠
　　　　　이 온다는구나.

아 빠   맞아요, 아버지! 대한민국! 짝짝짝 짝짝!

　　모두 박수를 친다. 할아버지가 슬그머니 대성에게 다가간다.

할버지   대성아, 동생이 그렇게 갖고 싶으냐?
대 성   네!
할버지   할버지가 저 위 내원암자에 있는 부처님 애기 해줬나?
대 성   아니요.
할버지   가자.

　　할버지와 대성이가 길을 나선다. 달봉이도 따라 나선다.

할버지   우리 마을 참 좋지?
대 성   할버지, 뭐가요?
할버지   예부터 등산 코스다. 우리 노원에 이런 산이 있다는 게 얼마나 행
　　　　　　복하냐!
대 성   산은 어디든 있어요.
할버지   그렇지 않다. 중국에서 모래바람이 불어오는 걸 봐라.
대 성   황사가 날아오면 씻기가 싫어요.
할버지   게서 살면 하루에 열두 번 씻어도 침침 지글지글 뻑뻑 답답하지.
대 성   네? (했다가) 알아요, 할버지. 황사에 눈이 침침하고, 입안에 모래
　　　　　　먼지가 지글지글하고, 코가 막혀 뻑뻑하고, 가슴이 답답하고요.

할버지　　허니 우리 마을이 좋지!

대　성　　여기서 길이 갈라졌어요.

할버지　　왼쪽으로 가면 영원암자가 있어. 오른 쪽으로 가서 하강바위하고
치마바위를 타고 넘어야 한다.

대　성　　알았어요. (뛰어간다)

할버지　　산에서는 뛰는 게 아냐. 느긋하게 꾸준하게 걸어야 한다.

대　성　　군인 아저씨들은 뛰어요.

할버지　　그야 위급할 때를 대비해서 훈련을 하는 거니까.

대　성　　(숨이 차서) 헉헉…… 할버지, 쉬어서 가요.

할버지　　조금 더 가면 하강바위다. 게서 쉬자. (계속 걷는다)

대　성　　(헉헉거리면서 쫓는다)

할버지　　(쉰다) 저게 하강바위이다. 강이 흐르듯 바위가 흐르고 있어.

대　성　　와!

할버지　　수락산 정상까지 가겠니?

대　성　　내원암자에 안 가세요?

할버지　　수락산 정상에 올라갔다가 경사능선을 타고 내려오자.

대　성　　와, 멀다! 내일까지 걸리겠다!

할버지　　축지법 알지!

대　성　　그건 장수나 도사가 하는 거예요.

할버지　　할버지도 한다!

대　성　　네! 해보세요, 할버지!

할버지　　암! (준비를 갖추고, 주문을 외고, 동작을 만들어 한다)…… 축지,

축지, 축지는 마음에 있는 것, 상상을 하는 것, 자신을 갖는 것 , 실천을 하는 것이니…… 으라 차차 핫! 핫! 으라 차차! (기합을 넣고 아무렇지 않게 눈을 뜬다)대 성 그 자린데요?

할버지   이제 나타난다. 정상을 넘으면 홈통바위가 있고…… 게서 기차를 타고 넘자.

대 성   기차요? 산에 기차가 있어요?

할버지   암.

대 성   와! 신난다!

힘을 내서 산을 오른다.

할버지   정상이다! 봄여름가을겨울 상관없이 아름답다! 저기가 우리 노원이다! 북쪽이 의정부, 동쪽이 남양주다. 능선을 따라 경계를 이루고 있다.

대 성   바위가 많아요.

할버지   산 전체가 바위지. 바위가 높이 치솟아 절벽을 이루고, 넓디넓게 판을 만들고, 용맹한 호랑이나 사자 모습이 있고, 날렵한 토끼 모습이 있다. (속삭인다) 물소리가 들리지?

대 성   (역시 속삭인다) 네, 들려요…….

할버지   맑고 예쁘다…….

대 성   네…….

할버지   옥류 폭포, 금류 폭포, 은류 폭포에서 들려오는 소리다.

대　성　　　바람소리도 들려요.

할버지　　　개암나무 오리바위 오솔길로 불어오는 바람이다.

대　성　　　저기 돌층계가…….

할버지　　　212계단이다.

대　성　　　우와…….

할버지　　　내려가면 내원암자가 있어. 참, 왜 이산이 수락산인지 아니?

대　성　　　(고개를 젓는다.)

할버지　　　옛날 한 포수가 아들을 데리고 산에 갔다. 호랑이를 발견하고 뒤
　　　　　　를 쫓는데 소나기가 쏟아졌다. 사냥꾼 부자는 바위 밑에서 비를
　　　　　　피하는데 깜박 잠이 들었다. 그 때 호랑이가 나타나서 아들 수락
　　　　　　이를 물어갔어. 잠에서 깬 포수가 수락아! 수락아! 아들을 부르며
　　　　　　산을 헤매다가 낭떠러지에서 떨어져 죽었어. 그 뒤 비만 오면 산
　　　　　　에서 '수락아! 수락아!' 하는 소리가 들려서 사람들이 수락산이라
　　　　　　고 불렀지. 가만, 지금도 들리지?

대　성　　　(겁에 주변을 둘러본다)

할버지　　　너 떠는구나.

대　성　　　그냥 조금…… (하다가) 아뇨!

할버지　　　지금은 호랑이가 없어.

달　봉　　　꿀꿀, 믿어지지가 않아요. 호랑이 사냥에 아들을 데리고 가요?

할버지　　　하하하. 그렇지?! 그럼 이건 어떠냐? 저기 동쪽에 폭포가 뵈지?

대　성　　　네. 보여요.

달　봉　　　꿀꿀!

대 성   물이 금빛으로 반짝이여요.

할버지   햇빛을 받아서 그래. 금류동 계곡이야. 폭포는 '물이 떨어지는' 거고, 예는 산이니까, 어떤 분이 수락산이라고 했다.

대 성   누가요?

할버지   사명대사시지!

대 성   그분은 스님인데요? 동화책에서 읽었어요.

달 봉   웅웅, 만화에서 봤어요.

할버지   맞다. 금강산·태백산을 다니시면서 불경을 닦으면서 체력을 단련하셨다. 일본이 우리나라를 침략해서 저기 노원평야에 사는 백성을 죽이고 재물을 약탈을 했어. 사명대사가 의병하고 승병을 모아 왜군을 무찔렀다.

대 성   사명대사가 그렇게 싸움을 잘하셨어요?

할버지   애국심이 극진한데다가 평소에 체력을 단련하셨기 때문이지.

대 성   할버지, 제가 어렸을 때 얘기에요?

할버지   허허허. 임진왜란 때야. 지금부터 꼭 415년 전이다, 녀석아!

대 성   와!

달 봉   꿀꿀! (안다고 뼈긴다. 두 사람은 살짝 미소한다)

그들이 걷는데 기차가 달리는 모양의 홈통바위가 나타난다.

할버지   봐라, 기차 바위!

대 성   이게요!?

할버지	하하하. (오르며) 자, 어서 타. (대성이가 망설이다가 탄다) 꼭 잡 아!

기차바위가 그들을 태우고 한 바퀴 돌아서 제자라에 선다.

할버지	이제 내원 암자에 가자.
대 성	안 갈래. (주저앉는다)
할버지	(바라보다가) 게 가면 동생을 얻는대도?
대 성	……?
할버지	너 정조 대왕을 알지?
대 성	누구에요?
할버지	아직 국사를 안 배우는구나. 조선 왕인데, 그분이 아들이 없어 걱 정하시다가 300일 기도를 올려서 아들을 얻으셨다. 그런 암잔데 안 가겠다고!
대성	(사이) 네, 가요, 할버지……. (손을 내민다. 잡고 당긴다)
할버지	(걸으면서) 내원암자 법당 뒤에는 키가 큰 미륵님이 계시다. 그분 에게 빌어라. 동생 달라고.
대 성	엄마아빠가 빌어야지요.
할버지	내가 도와주마.
대 성	네!
할버지	귀 쫑긋 세우고 잘 들어라.
대 성	네.

할버지   (비밀스럽게) 그 미륵불 코 가루를 긁어서 엄마 베개 밑에 두면

동생이 생긴다.

대 성   정말요! 와! 쉽다! (펄쩍 뛰면서 마당을 돈다)

달 봉   (따라서 돈다)

할버지   쉿! 중요한 일은 아무도 모르게 해야 한다. 코 가루를 긁을 때 미

륵불 코가 벌렁벌렁해야 효험이 있어. 벌렁벌렁, 허허.

할아버지가 빠르게 나가자 대성이도 급히 쫓아간다.

4장. 대성이 미륵불 코 가루 긁으러 가다!

산길이 어스름하고, 짐승과 부엉이 소리가 들려온다. 대성과 달봉이가 올라간다. 대성과 달봉이 서로 앞서거니 뒤따르거니 하고, 서로 어긋났다가 다시 만나기도 하면서 열심히 오른다. 대성이가 무서움을 쫓아내려고 노래를 부른다.

대 성   엄마야, 뒷집에 돼지 불알 삶더라.

달 봉   (툭 친다)

대 성   ㅋㅋ 그냥 노래야. 안 삶아. 엄마야, 앞집에 돼지 불알 삶더라. 엄

마야, 뒷집에 돼지 다리 삶더라.

달 봉   (서버린다)

대 성   무서워서 그냥 부르는 거야. 엄마야, 앞집에 돼지 불알 삶더라.
엄마야, 뒷집에 돼지 다리 삶더라. 엄마야, 옆집에 돼지 꼬리 굽
더라. 엄마야, 건넛집에 돼지 머리 끓이더라.

달봉이가 어둠에 숨었다가 튀어나온다.

대 성   (깜짝 놀라) 엄마, 나 살려줘! (사이) 달봉아, 안 부를게…

바로 옆 숲에서 바스락 소리가 들린다.

대 성   (놀라) 어머니…….

달 봉   꿀꿀 다람쥐야. 빠르다. 빨라.

다시 걷는다. 바로 위에서 갑자기 부엉이가 운다.

대 성   어머니!

달 봉   꿀꿀 부엉이이야. 빠르다. 빨라.

반대 쪽에서 부엉이가 운다.

달 봉   부엉이가 말을 하는 거야.

대　성　　　뭐라고 하니?

달　봉　　　대성이는 바보!

대　성　　　아냐. 달봉이는 바보!

달　봉　　　대성이는 바보!

대　성　　　달봉이는 바보!

함께 웃는다. 대성과 달봉이가 노래를 주고받는다.

대　성　　　고개 넘어 다 왔니?

달　봉　　　옹옹옹옹옹 옹옹옹 아직.

대　성　　　약수터 지나서 다 왔니?

달　봉　　　옹옹옹옹옹 옹옹옹 아직.

대　성　　　옹달샘 지나서 다 왔니?

달　봉　　　옹옹옹옹옹 옹옹옹 아직.

대　성　　　물개바위 지나서 다 왔니?

달　봉　　　옹옹옹옹옹 옹옹옹 아직.

대　성　　　영원암 지나서 다 왔니?

달　봉　　　옹옹옹옹옹 옹옹옹 아직.

개　성　　　학림사 지나서

달　봉　　　옹옹옹옹옹 옹옹옹 아직.

대　성　　　가다보니 다 왔네

달　봉　　　옹옹옹옹옹 옹옹옹.

대　성　　　내원암이다, 다 왔다.
달　봉　　　웅웅웅웅웅 웅웅웅이다!
대　성　　　쉿.

　미륵보살이 달빛을 받아 어렴풋이 나타난다. 대성이가 다가가서 공손하게 배꼽인사를 한다. 달봉이도 따라서 배꼽인사를 한다.

대　성　　　(조용하게) 시작하자.
달　봉　　　(고개를 끄덕인다)

　둘이서 미륵의 코를 긁으려는데 너무 높다. 이리저리 궁리를 하다가 무동 타기를 한다. 대성이가 달봉의 어깨에 올라서 코를 긁는다. 그때 어디선가 북소리가 들린다. 대성이가 놀라서 멈칫하고는 다시 긁는다. 이번에는 종소리가 울리고, 운판이 울리고, 목어가 울린다.
　결국, 어둠 속에서 금, 은, 옥 세 동자가 소리를 지른다.

동자들　　　(소리만) 이놈들!

　대성과 달봉이 놀라 손을 멈추고 무동을 급히 푼다. 어둠 속에서 여전히 소리가 들려온다.

금동자　　　(귀신소리로) 이히히히히~

은동자   (귀신소리로) 으어으어으~

옥동자   (귀신소리로) 까꿍까꿍꺄~

대성과 달봉이가 벌벌 떤다.

금동자   누구냐?

대 성   …… (두리번거린다)

달 봉   …… (두리번거린다)

은동자   이 밤에 무얼 하느냐?

대 성   …… (두리번거린다)

달 봉   …… (두리번거린다)

옥동자   이놈! 무릎을 꿇어라.

대성과 달봉이 무릎을 꿇고 잘못을 빈다.

대 성   잘못했습니다. 잘못했습니다.

달 봉   응응 잘 못…… 잘 못…….

옥동자   우리를 재밌게 해주면 안 잡아먹지.

대 성   우리는 나쁜 짓을 하러온 게 아니예요.

          부처님 코 가루가 조금 필요해서 왔어요.

금, 은, 옥동자가 탈을 벗는다. 아주 귀여운 모습이다. 대성과 달봉이는 아직 고개를 들지 못한다.

금동자   부처님 코 가루가 필요하다고?

대 성   네.

은동자   그게 왜 필요해? 넌 아직 아이 낳을 때도 안됐는데.

대 성   그게……

옥동자   요렇게 어린애가 온 적은 처음이다.

대 성   잘못했어요.

금동자   고개를 들어.

대 성   (들지 못한다)

은동자   괜찮아. 고개를 들어.

대 성   (여전히 못 든다)

달 봉   (먼저 고개를 든다) 옹? (대성을 툭 친다)

대 성   (비로소 고개를 든다) 엉?

옥동자   겁쟁이구나.

대 · 달   아…… 아냐. 우린 귀신이 나온 줄 알았어.

옥동자   미륵님 코 가루를 긁어줄게 우리를 재밌게 해줄래?

대 성   뭐?

옥동자   우리가 심심하니까 재밌게 해주면 미륵님 코 가루를 준다고.

대 성   너흰 누구니?

금동자   난 금동자. (작은 종을 친다.)

은동자   난 은동자. (정주로 소리 낸다.)

옥동자   난 옥동자야. (애기목탁 소리를 낸다.)

대 성   무서워서 오줌 쌀 뻔했잖아!

동자들   하하하.

대 성   난 정말 동생을 갖고 싶어.

금동자   동생이 생기면 어떻게 할래?

대 성   저…… 잘 해줄 거야.

은동자   동생이 막 울면 어떻게 할래?

대 성   저…… 잘 해줄 거야.

옥동자   동생이 먹을 걸 뺏으면 어떻게 할래?

대 성   저…… 잘 해줄 거야.

동자들   (함께) 그게 뭔데?

대 성   동생이 생기면 매일매일 같이 놀고, 동생이 울면 달래고, 동생이
          내 걸 뺏어먹으면 내가 또 뺏어먹고, 그러면 동생이 또 뺏어먹고,
          내가 또 뺏어먹고, 동생이 뺏고, 내가 뺏고, 뺏고, 뺏고 하면서 놀
          지 뭐.

금동자   좋아. 너 재미있다! 또 재미있게 해줘.

은동자   그래!

옥동자   우린 엄청 심심해.

대 성   요즘 제일 재밌는 마빡이 가르쳐줄게.

동자들   마빡이?

대 성   준비!

달 봉   그만, 그건 안 돼!

모　두　　　　왜?

달　봉　　　　너무 흔해. 유치해.

모　두　　　　뭐? 유치하다고?

달　봉　　　　암만 웃기는 놀이래도 품위가 있어야지. 품위.

대　성　　　　야, 달봉아, 너 방해하지 마.

동자들　　　　가만. 달봉이 말도 맞는다.

대　성　　　　그럼 꼭지춤! (준비를 한다)

동자들　　　　(따라서 준비한다)

달　봉　　　　안 돼!

모　두　　　　왜?

달　봉　　　　그건 흔해.

대　성　　　　야, 달봉아. 재미있게 해줘야 동생을 얻는단 말이야.

동자들　　　　재미있고 품위 있는 놀이를 해줘!

대　성　　　　(달봉에게) 아, 큰일 났다. 너 때문에……

옥동자　　　　달봉아, 재미있고 품위가 있는 놀이가 뭐니? 네가 해봐.

달　봉　　　　그게 좀 어려워.

동자들　　　　뭔데?

달　봉　　　　자전거 댄스!

모　두　　　　(합창으로) 자전거 댄스! (사이) 어떻게 추는 건데?

달봉이가 시범을 보이고, 동자들에게 가르쳐준다.

음악이 흐르고, 모두 함께 이어서 자전거 댄스를 춘다. 춤과 음악이 끝난다.

옥동자   와, 재미있다!

대 성   응!

옥동자   또 해줘!

대 성   그럼 저… 달봉이가 싫어하는 건데…… 노래를 하나 불러줄게!

동자들   (기대에 부풀어) 노래! 그래!

대 성   나를 따라 해봐.

동자들   좋아!

대성이가 동자들에게 '돼지 불알 노래'를 가르친다.

대 성   엄마야 앞집에 돼지 불알 삶더라.

         좀 주더냐? 예, 쪼금 주대요.

         맛있더냐? 아뇨 맛없대요.

         구구구 구린내가 나요.

         지지지 지린내가 나요.

동자들이 악기를 연주하면서, 신나서 노래를 부른다. 달봉이도 처음에는
언짢아하다가 서서히 어울려 신나게 노래하고 춤춘다.

금동자   아하하. 재밌다. 돼지불알을 먹어도 되니?

대 성   안 먹어봐서 몰라. ㅋㅋ.

달　봉　　　옹옹옹! (자신의 불알을 가린다.)

은동자　　　아하하. 달봉이가 겁나나봐.

옥동자　　　걱정하지 마. 구리고 지린데 누가 먹니?

동자들　　　정말 재미있다!

대　성　　　애들아.

동자들　　　응?

대　성　　　가루 긁어줘.

달　봉　　　가루, 옹!

금동자　　　좀만 더 놀아줘.

대　성　　　더 놀고 싶니?

은동자　　　응!

대　성　　　너희들 너무하다. 동생 갖기가 이렇게 어려우면…….

옥동자　　　그만둘래?

금동자　　　그만둔다고?

은동자　　　그만둔대!

동자들　　　(합창으로) 대성이는 동생이 싫대! (돌아선다)

대　성　　　아냐. 아냐! 어려워도 동생이 좋아!

동자들　　　(합창으로) 그래야지. 새 생명을 탄생시키려면 엄마가 얼마나 힘
　　　　　　드시는데!

대　성　　　내가 하모니카 불어줄게. (하모니카를 꺼낸다)

동자들　　　아, 하모니카! 좋아!

달　봉　　　나는 피리!

동자들   (합창으로) 뭐? 피리?

달 봉   웅! (피리를 꺼낸다)

동자들   (합창으로) 얼라리 꼴라리 돼지가 피리를 분대!

대 성   잘 불어.

동자들   정말? 잘못하면 취소다.

대 성   (속삭인다) 너 연습 많이 했어?

달 봉   웅? 웅! 밤하고 새벽에 연습했어.

　　대성이와 달봉이가 하모니카나 피리로 이중주를 하고, 이어서 달봉이가 노래를 한다.

달 봉   너희들 구름 좋아하니?

동자들   좋아. 하얀 구름이 더 좋아.

달 봉   그래! 꿀꿀!

'하얀 구름 뭉게구름 하얀 구름 뭉게구름

휘휘 감긴 수락산 휘휘 감긴 수락산

바위산 옥빛 계곡에 쪽빛 하늘 쪽빛 하늘

햇살이 눈부셔 햇살이 눈부셔 부셔'

　　　　　　　　　　- 〈하얀 구름 뭉게구름 휘휘 감긴 수락산〉

동자들   와! 잘 부른다.

달 봉	또 있어.
동자들	뭔데!
달 봉	야, 야, 야, 예!
동자들	야, 야, 야, 예? 제목이 이상하다?
달 봉	꿀꿀 꿀! 이상할 거 없어.

너를 생각하면 기뻐서 미소가 터져/ 난 너 노원이 좋아 너를 알고 있어/ 난 소망해 난 소망해 우리는 자라고 있어/ 수락산 용굴암 종소리 들려 불암산 풍경 소리 들려/ 난 소망해 우리는 자라고 있어/ 노원이야, 노원이야, 상계 중계 하계 공릉 월계/ 마들길 아름다워라 느티나무 거리 아름다워라/ 영원토록 변치 않을 수 있어 영원히/ 난 사랑해 난 소망해 난 성장해/ 야, 야, 야, 야, 야, 야, 예!

― 〈야, 야, 야, 예!〉

혹은

콧구멍 간질간질 에, 에, 에취

콧구멍 실록실록 에, 에, 에취

내 콧구멍 간질간질 에―취

내 콧구멍 간질간질 에―취

― 〈야, 야, 야, 에취!〉

노래가 끝나자 동자들이 박수갈채를 보낸다.

대 성	이제 도와줘. 나 정말 동생을 갖고 싶어.
금동자	잠깐, 우리 회의를 해야 돼.

　금, 은, 옥 세 동자가 머리를 맞대고 숙덕숙덕 회의를 한다. 잠시 후 그들이 미륵에게 다가간다. 미륵의 코 밑에 예쁜 천을 깔더니 코를 간질간질 간질인다. 미륵이 에, 에, 에취! 하고 재채기를 한다. 재채기에 금가루가 날라 천에 떨어진다. 동자들이 세 차례 금가루를 받아 곱게 싸서 대성에게 준다.

대 성　　정말 고마워! (금, 은, 옥동자에게 뽀뽀를 한다)

달 봉　　(역시 세 동자에게 뽀뽀를 한다)

대 성　　동생이 생기면 다 니들 덕이야. 그때 다시 돌아와서 재밌는 얘기
　　　　　많이 해줄게. 잘 있어.

동자들　잘 가!

　대성과 달봉이가 산을 내려온다.

미 륵　　(목소리만) 이 녀석들! 누가 마음대로 내 코 가루를 주라했느냐?

금동자　　할매! 우리 대성이네로 가면 안 될까?

은동자　　나도 같이 가고 싶어.

옥동자　　할매, 부탁이야.

미 륵　　어허, 다 때가 있는 법이니라. 장난 그만하고 어서 들어가서 자거
　　　　　라, 이 녀석들! (우물쭈물하자) 썩!

　금·은·옥동자가 터덜터덜 안으로 들어간다.

5장. 엄마의 꿈

　깊고 신비로운 조명과 음악이 흐른다. 엄마가 들어와 조용하게 춤을 춘다. 잠시 후, 반대쪽에서 동자들이 커다란 복숭아(혹은 돼지)를 한 개(마리)씩 세 개(마리)를 들고 들어온다. 동자들은 염원이 담긴 엄마의 춤을 구경한다. 엄마의 춤은 숨이 가쁘고 땀을 흘리는 만큼 점점 훌륭해진다. 드디어 엄마가 춤을 멎는다. 동자들이 복숭아(돼지)를 엄마 치마폭에 안겨주려고 한다. 엄마는 받지 않으려고 피한다. 동자들이 쫓아다닌다. 쫓고 쫓기는 춤이 벌어진다. 엄마가 넘어진다. 동자들이 넘어진 엄마 치마폭에 커다란 복숭아(돼지)를 안긴다. 동자들이 사라진다. 엄마는 복숭아(돼지)를 안고 다시 춤을 추며 훨훨 날아가듯 사라진다.

6장. 꿈이 이뤄지다

꿈 조명이 현실 조명으로 바뀌면, 엄마가 남산만큼 큰 배를 안고 어기적어기적 힘들게 들어온다. 대성이가 뒤에서 엄마를 밀고 들어온다.

엄　마　　대성아, 엄마 배가 남산보다 커서 힘들다.

대　성　　엄마, 죄송해요.

엄　마　　큰일이다. 석동이라니, 너까지 셋을 어떻게 키우니?

대　성　　엄마, 아빠하고 제가 도와드릴 게요.

엄　마　　벌이는 누가 하고…….

대　성　　나라에서 도와주신다고 하고요, 아빠가 일을 더 많이 하신다고 하시고요, 저도 절약해서 도와드릴 거구요…… 미륵보살님하고 삼신할머니가 도와주실 거예요.

엄　마　　아이쿠 배야…… 아이쿠 애기 나오겠다. 커튼을 쳐라…….

대　성　　(커튼을 치며) 엄마, 조금만 참으세요. 아빠하고 할버지가 미륵보살님 하고 삼신할머니를 모시고 오실 거예요.

엄　마　　녀석아, 내가 참아서 되냐? 애기가 참아줘야지. 아이쿠, 배야. 아이쿠, 나오려나 보다! (커튼 안으로 들어간다. 신음이 계속 들려온다)

대성이가 안절부절 못하다가 기도를 한다.

대　성　(간절하게) 하나님, 부처님, 엄마가 동생을 낳느라고 고생을 하세
　　　　요. 두 분께서 도와주세요. (심통으로) 동생 하나만 달라고 했지
　　　　누가 셋을 달라고 했어요? 미워요. (큰절을 한다) 석동을 주신 건
　　　　좋아요. 엄마가 고생을 덜 하시게 만 해주세요. 네! 들어주시는
　　　　거죠! 오우 케이! (순간 아기 울음소리가 들려온다) 아자! (아기 울
　　　　음소리가 또 들린다) 아자! (또 아기 울음소리가 들린다) 아자!

대성이가 좋아서 어쩔 줄을 모르다가 겁을 먹는다.

엄　마　(안에서) 대성아.
대　성　네, 엄마. (울상이 되며) 엄마, 잘못했어요.
엄　마　동생들 데려가라.
대　성　네? (했다가) 네! (들어간다. 안에서) 엄마?
엄　마　(안에서) 어서 데리고 나가서 놀아줘.
대　성　(안에서 울먹이는) 엄마, 죄송해요.
엄　마　(안에서) 훌쩍거리기는?
대　성　좋아서요.
엄　마　어서 데리고 나가.
대　성　네, 엄마! (커튼 사이로 씩 웃는다.)
할머니　(안에서) 나도 같이 나가자.

대성이가 환하게 웃으며, 석동이 유모차에 동생 셋을 태우고 나온다.

| 대　성 | 둘째 미성아. |

금동자　　네, 오빠!

대　성　　셋째 일성아.

은동자　　네, 형!

대　성　　넷째 희성아.

옥동자　　네, 큰오빠!

이때부터 네 아이가 정신없이 떠들어댄다. 대성이가 자장가를 부른다.

대　성　　자장자장. 자장자장. 우리 아기 잘도 잔다.

　　　　　꼬고 닭아 울지 마라. 우리 아기 잠잔다.

　　　　　검둥개야 짖지 마라. 우리 아기 잠잔다.

　　　　　자장자장. 자장자장.

대성의 노래에 떠들던 세 동생이 서서히 잠에 빠져든다. 노래가 끝나자 박수가 요란한데도 아이들은 계속해서 잠에 떨어져 코를 골아댄다. 가족사진을 찍는다. 불빛이 반짝하자 갓난아기들이 고개를 들고 까르르 까르르 웃는다.

엄　마　　대성아, 동생들이 언제 크니?

석동이　　(그 말에 벌떡 일어서더니) 엄마, 우리 노래할래!

　　　　　(이어서 아카페로 노래를 한다)

　　　　　아! 어느 산천이 우리 마을보다 아름다울까

아! 세상의 무엇이 우리 마음보다 아름다울까

세상의 무엇이 마을보다 마음보다 아름다울까

　　　　　　　－〈세상의 무엇이 이보다 아름다울까〉

혹은

하하하 웃어라 콧구멍이 벌렁벌렁

호호호 짱이다 콧구멍이 벌렁벌렁

부처님 콧구멍이 벌렁벌렁 하하하

예수님 콧구멍이 벌렁벌렁 호호호

　　　　　　　　　　　　　－〈벌렁벌렁〉

　　　　　　　　　　　　　　　（끝）

'콧구멍이 벌렁벌렁'

작가 노트

윤조병

이 아동가족연극 '콧구멍이 벌렁벌렁' 이 나오기 까지 여러 일들이 있었다. 필자의 기억이 맞는다면, 백설이 수락산과 불암산 그리고 서울 시내를 향해 마음먹고 쏘다니던 작년 연초, 그러니까 '07년 1월 초의 일이었다.

"우리 노원의 설화, 인물을 소재로 어린이 연극 대본을 써보시지요."

최진용 노원문화예술회관 관장이 제안을 하는 것이었다. 회관의 책임운영자로서 그간 공연되는 어린이 연극을 바라보면서 가치와 진정성에 대하여 고민을 많이 해온 것이었다. 그래서 가치와 진정성을 찾는 작업을 해서 가깝게는 지역의 어린이에게 양질의 연극을 보여주고, 가능하면 공연지역을 넓혀가겠다는 것이었다.

"……"

갑작스런 제안에 필자는 잠시 대답을 못했다. 관장 집무실 대형 유리창을 통해서 바라보이는 불암산 암벽에 쌓여가는 눈을 바라보았다. 작가는 늘 자신이 쓰고 싶은 서사나 서정을 머리와 가슴에 저장하고 있다가 쓰기 때문에 소재와 주제를 지정해서 청탁을 하면 얼마동안은 막막한 상태에 빠져든다. 왜냐하면 어느 것이든 관찰하고 친밀해져야 그 속내를 알아 다가갈 수 있기 때문이다.

그러나 필자는 오래 동안 국제아동청소년연극협회 한국본부 일을 보아오고, 근년에는 아동가족연극을 직접 만들어보겠다는 생각을 해오고 있는 터라 좋은 기회다 싶어 곧 답변을 했다.

"좋습니다."

합의를 보았다. 필자는 집필하고 있는 것을 얼마간 미루고, 그날부터 무엇을 어떻게 쓸까하는 찾기에 들어갔다. 최 관장이 전해준 자료에 필자가 자료를 더 찾아서 설화 혹은 전설 그리고 역사의 인물과 역사적 자연물을 찾아내기 시작했다.

설화나 전설로는 〈소금장수 이야기〉, 〈우물 이야기〉, 〈내원암자 미륵이야기〉 등 재미있고 유익한 이야기가 십여 편 떠올랐다. 역사 속 인물로는 〈승병대장 사명대사〉, 〈학문이 높은 무관 남치욱〉, 〈금오신화의 김시습〉 등 역시 훌륭한 인물이 떠올랐다. 기타로는 산신제 · 치성제 · 대동굿 등등 신과 자연과 주민이 함께 어울려 살아온 샤머니즘의 이야기도 떠올랐다.

뿐만 아니고 수락산과 불암산에는 유서 깊은 사찰과 길라잡이 등 많은 불교 유적과 자연물이 조화를 이루고 있었다.

그러나 이러한 기록으로 전해지는 자료가 실제 존재하는가를 파악해야 했다. 현장에서 얻어지는 자료가 창작에 매우 중요한 동인이면서 에너지를 주기 때문이다. 쏟아지는 눈보라 속에서, 눈이 멎으면 이어지는 매서운 바람 속에서 수락산과 불암산을 답사하는 산행을 감행했다. 이 답사 산행은 등산으로서 매우 유익한 것이었다.

그런데 이런 여러 가지 소재들이 세월의 영향으로 변모해서 찾기가 불가능하거나 헤매고 헤매서 찾으면 폐허로 변한 흔적이 쓸쓸하게 남아 있을 뿐이거나, 개발로 전혀 다른 현대적 모습으로 바뀌어 있는 것이었다.

이런 모습을 보면서, 다시 말해서 자연과 문명의 충돌로 변모한 상황을 보면서, 이 충돌의 변모를 조화의 변화로 바꾸기 위해서 창작의 목적이 뚜렷해지고, 매우 효과적 대본을 만들어야겠다는 생각을 하게 되었다.

이제 노원 지역의 역사와 지리를 배경으로 하는 여러 가지 소재와 주제 중에서 이번 희곡에 활용할 것을 선택해야 했다. 전설과 설화 중에서는 솔개가 찾아준 신기한 우물 이야기에 담겨진 효 사상과 삼신할미와 세 명의 동자가 나오는 내원암자 미륵이야기의 생명탄생 사상을 선택했다. 인물로는 사명대사의 구국 활동과 김시습의 문학성을 선택했다. 물론 작품 한 편에 많은 이야기를 넣을 수는 없고, 관객 대상이 어린이를 중심으로 하는 가족이기 때문에 깊이 들어갈 수도 없는 것이었다. 그러나 이야기는 현대적 이슈를 넣어 창작해야 하는 것이었다.

이 작품은 노원구에게는 첫 시도이고, 필자에게는 '상호희곡쓰기' 방법을 실험하는 과정의 한 작품이기도 하다. 그간 대학에서 희곡쓰기를 강의하면서 수년전부터 '상호희곡쓰기' 와 '상호연극쓰기' 에 관심을 가져왔다. 그러나 학교의 커리큘럼과 주어진 진도, 학생 개인의 저작권, 스승과 제자라는 관계, 비용 등 때문에 실험이 쉽지 않았다.

그러던 중 그러니까 재작년 2006년, 용인대학교 예술학부 TD로 근무하는 윤시중(현재는 무대미술학과 겸임교수)이 연출에 관심을 갖고 있어서, 마침 잘 됐다싶어 그와 먼저 '상호희곡쓰기' 를 시작했다. 그는 필자의 아들이라 위에 말한 문제점이 이해되고 해결되기 때문이었다.

그에게 제목을 짓게 해서 '세상에서 제일 작은 개구리왕자'가 나왔다. 그러나 한두 차례 시놉시스 만들기를 하는 중에 그의 관심사가 희곡창작이 아니고 연출이어서 진전이 부드럽지 못했다. 결국 '희곡쓰기'와 '연극쓰기'를 분리해서 희곡은 필자가 쓰고, 연극쓰기를 같이 하자는 쪽으로 정리를 했다. 그로부터 1년 동안 그는 연극 스타일을 찾는 작업을 진행하고, 필자는 텍스트를 집필했다. 이것은 기왕의 원작에서 모티브 일부만 가져와서 어린이와 가족에게 맞게 재창작을 했다. 이런저런 실험으로 기간이 꽤 걸렸다. 우리의 작업은 한 해 반 넘게 계속되었는데, 노원의 작품을 시작할 즘에는 거의 끝나가고 있었다.

마침 연극원 아동청소년과 대학원 과정의 '희곡의 분석과 이해'를 전전학기에 이어 이 학기에도 강의를 맡아 재능 있는 학생들을 만났다. 이때는 겨울 종강 중이었다. 학생들은 대부분 실기 재능이 뛰어나는 재동들이다. 강의를 받는 대부분은 일반희곡을 쓰거나, 연극을 만드는 쪽을 하고 싶어 하는데, 박영주가 아동희곡을 쓰고 싶어 했다. 그래서 '상호연극쓰기'를 다시 시도해야겠다는 생각이 들었다. '상호연극쓰기'를 위해서는 '상호희곡쓰기'를 먼저 해야 한다. 영주에게 제안을 하고, 영주가 동의를 해서 '상호희곡쓰기' 작업에 들어갔다.

위에 밝힌 것처럼 최 관장에게서 받은 것과 필자가 조사한 여러 자료 중 〈우물이야기〉와 〈내원암자 미륵이야기〉를 영주에게 건네주고, 현장을 확인하기 위해서 수락산을 함께 답사하면서 방향을 이야기했다. 그 후 메일을 주고받으면서, 인물을 만들고, 시놉시스를 만들고, 여러 개의 제목 후보에서 하나를 선택했다. 영주가 내원암자 미륵이야기를 동생을 갖고 싶어 한 자신의 체험과 연결해서 현대의 이슈인 동생 갖기 프로젝트 아이디어를 시놉시스에 넣었다. 그렇게 시놉시스를 확정하고 메일과 전화로 함께 초고를 만들어 갔다.

이제 첫 단계 초고를 마친 상태였다. 그런데 영주는 뛰어난 실기 재능 때문에 학교 공연, 미국, 영국 등 바쁘게 움직여 '상호연극쓰기' 계획을 바꿔야 했다. 그러니까 '상호희곡쓰기' 초고에서 끝냈다. 아쉬움이 컸지만 대본을 완성해야 하기 때문에 그때부터 필자가 퇴고해서 노원문화예술회관에 제출했다. 그것이 그해 4월인가 싶다.

희곡을 접수한 얼마 후에, 최 관장이 이 희곡으로 연극을 만들자는 제안을 다시 하는 것이었다. 그래서 연극 만들기로 확대했다. 필자가 예술 감독이 되어 그 일을 하기로 했다. 그래서 공연형식을 전통마당극이되 다른 양식을 찾기로 마음을 먹었다. 이에 맞는 팀을 얼개 정도지만 두 차례나 짰다. 이때야말로 박 영주와 그녀의 패거리가 필요했다.

그러나 곧 연습에 들어갈듯 하면서도 결재가 늦어져서 얼개를 두 차례나 해산해야 했다. 기다리는 시간과 그것을 수습하는 공역이 많이 들었다. 그래서 포기하기도 했다.

그러나 주최 측의 의지가 다시 작용해서 드디어 결재가 나고, 공연일자가 정해지면서, 주관할 극단을 '즐거운 사람들' 로 정했다. 극단이 기왕의 공연작품이 있는 터라 연기자가 부족했다.

이리저리 맞는 팀을 구성하려다가 여의치 않아서 윤 시중에게 SOS를 보냈다. 앞에 말한 것처럼 그가 연출한 '세상에서……' 가 마음에 들면서, 그 작업이 어느 정도 마무리 되어서 가능하다는 생각이었다. 몇 차례 강권해서 겨우 동의를 얻어냈다. 그러나 시간이 많지 않으니 연극 '세상에서……' 스타일을 활용하자고 했다. 그러나 연출은 젊은 혈기라 다른 스타일을 찾겠다고 하는 것이었다. 그렇게 하자, 그러나 일주일 안에 다른 스타일을 만들어내지 못하면 그 스타일로 간다는 조건으로 동의했다. 그러면서도 날자가 없는 상태라 불안했다. 약속대로 일주일 후에 상호 점검을 했다. 새 양식을 찾기에는 아직 시간이 더 필요했지만 희망의 단서가 보여 이번에는 확실하게 동의했다.

　결국 극단 연습장에서 연습하다가, 배우의 대부분이 춘천에서 '세상에서 제일 작은 개구리왕자'에 출연하기 때문에 그 지역으로 이동해서 연습했다. 이런저런 사정으로 모두가 밤샘 작업으로 힘을 쏟았다. 더구나 아이디어로 다른 스타일의 정체를 찾는 일은 쉽지 않았다. 시행착오를 거듭하는 실험이었다. 드디어 새 스타일을 찾아냈다. 심화시키기 위해서는 시간이 더 필요하지만 창의적 아이디어와 그 전개를 어린이에게 보여준다는 면에서, 지나치게 소박하고 아직은 삐걱거리는 부분이 있지만, 참으로 다행이었다.

　연습 과정에서도 대본은 수정보완을 했다. 공연 중 수정한 많은 부분은 이 희곡에 넣지 않았다. 그것은 그 부분이 연출의 아이디어와 스타일에 의한 것으로 연출자의 창작이기 때문이다. 연출자가 연출 노트에서 일부 밝힐 것으로 보인다.

　노원구청이 주최하고, 극단 '즐거운 사람들'(대표 김병호)이 주관해서, 윤시중 연출, 박영희·문숙경·이재령·민경은·조은진 출연, 무대 이봉은, 의상·김소영 그리고 필자가 예술 감독으로 참여해서 '08, 3, 15~26까지 24회

공연으로 1차 공연을 끝냈다. 1차 공연 직후 주최 측과 스텝이 모여 합평회를 가졌다. 노원문화예술회관에서는 최진용 관장, 공연팀의 최미숙(팀장), 이교범, 조현주, 안경석 조명감독, 고병일 음향감독, 김춘술 무대감독이 참석하고, 극단에서는 김병호 대표, 윤시중 연출 그리고 예술 감독으로 필자가 참석해서 여러 가지 이야기를 진지하게 토론했다. 여기서 특기할 것은 최 관장이 초연을 유료시연회로 규정을 하는 것이었다. 이 의미는 본 공연을 반드시 한다는 것이고, 토론을 통해서 더 좋은 공연을 만들자는 것이다.

연기자의 일인다역으로 어린 관객이 인물에 혼란을 갖게 된다는 것이었다. 어떤 경우에는 어린 관객만이 아니고 성인관객도 혼란을 느끼는 경우가 있다. 그런데 왜 일인다역을 활용하는가. 그 이유는 크게 두 가지로 말할 수가 있다. 하나는 일인다역으로 절감된 예산을 유효적절하게 활용하는 것이다. 연기자 1인에게 지출되는 값은 언뜻 생각하는 것보다 많다. 출연료+의상비+소품+분장비+식대+이동시 교통비+기타 등으로 절약형 연극에서는 매우 큰 비중을 차지하게 된다. 다른 하나는 무대에서 한 인물이 다른 인물로 변하는 과정과 방법 다시 말해서 다양하게 변신하는 캐릭터를 보여주는 것이 하나의 연극적 재미이기 때문이다. 여러 이유가 있지만 여기서는 이 정도의 토론을 하였으며, 다만 어린 관객에게 혼란을 주지 않는 방법을 만들어내야 한다는데 동의를 하였다.

그림과 이야기의 연결, 클라이맥스와 끝장면의 문제, 재미있는 요소 추가 등이 거론되었다. 이 연극의 특징은 종이+그리기+만들기로 무대와 소품과 오브제를 만들어 극을 진행시키는 것이다. 연기자가 무대 즉 관객 앞에서 그림을 그려 무대와 스토리를 이어가는 것이다. 물론 시간의 제한으로 이미 종이로 만들어 놓은 것을 활용하기도 한다. 무대에서 그리고 만드는 것을 어린 관객의 눈높이로 하는 것이 의도지 전문가의 잘 그리고 잘 만든 것을 보여주는 것이 아니다. 그러므로 시각에 따라서는 무대나 대소도구가 초라하거나 가난하다는 느낌을 갖는다. 이렇게 되면 스토리나 클라이맥스에 문제가 보일 수 있다. 또 하나의 특징은 아이디어와 창의력을 보여주는데 우선하기 때문에 이야기의 전개나 희로애락을 극대화하는 클라이맥스는 조금 뒤로 물러서야 했다. 이 일차적 정서의 극대화가 중요하지만 이런 스타일에서는 어려우며, 어린 관객이 감정으로 반응하는 재미있는 요소를 많이 넣으면 시끄럽고 떠들썩한 연극이 될 것이다. 이 문제를 어떻게 풀어갈까 하는 고민에 빠져있는 중이다.

무대공간에 대한 배려와 조명의 색상 활용이라는 문제가 거론되었다.

연출은 연출 방향에서 무대 메커니즘을 가능하면 배제해서 흑백의 안정된 조명을 활용하려는 것이었다. 많은 어린이 공연이 무대세트와 무대조명을 지나치게 화려하게 활용하여 관객의 시력과 시각과 색채 정서를 파괴하고 있다는 것이 연출의 생각이다. 무대미술을 전공한 연출이 그런 지론을 갖는 데는 그만의 이유가 있는데 여기서 기술하기에는 무리라 생략하겠다. 그러나 이 점도 연출과 필자가 많이 토론하고 있는 중이다.

공연의 관람 대상을 명확하게 구분해야 한다는 의견이 나왔다.

그간의 동극, 아동극, 어린이극이라고 불리는 연극에서 흔히 연극평론가도 이것을 주장하고 있다. 그런데 그간 20여 년 동안 국제아동청소년연극협회 한국본부의 여러 위치에서 일을 해오면서 느낀 것은 우리도 가족연극이라는 개념을 정립해야 한다는 것이었다. 이에 대한 개념의 정리를 여기서 다 내놓을 수는 없는데, 가족연극으로 정리하면 연극의 질이 달라지는 것이다. 그간 어린이만 극장에 앉혀놓고 보호자는 다른 일을 보는 것이 상례로 되어 있다. 우리 사회의 분위기이면서 환경이라고는 하지만 이것은 변화되어야 한다. 보호자는 초등생, 고모, 이모, 부모, 할머니, 할버지 누구든 될 수 있는 상황이 오고 있기 때문에 우리는 가족연극을 만들려고 하는 것이다. 이번 단체관람에서는 유치원생만 관객이 돼서 관객대상에 대한 이야기가 나온 것인데, 그렇다고 텔레비전의 어린이 프로그램을 만들 수 없다는 것이 우리 생각이다.

음악과 노래 보완에 대한 의견이 나왔다. 물론 배경음악이 미흡한 것은 수정을 해야 한다. 뮤지컬이 아니기 때문에 음악 하나를 그 음악 장르 시각으로 바라보면 허술할 것이다. 보통 대중적으로 활용되는 서양음악이나 팝이나 가곡을 사용하는데 국악을 도입하는 문제는 생각해야 한다. 물론 이 작품을 최초에는 전통마당극 양식을 활용해서 다른 양식을 만들려는 계획이 없었던 것은 아니다. 신중하게 접근해야 할 것이다. 요즘 보완하는 의미에서 노래 세 꼭지를 작사해 놓았다. 이것을 어떻게 작곡해야 할지 걱정이 되기도 한다.

노원의 지명과 역사, 설화 부분을 보강할 필요가 있다는 의견이 있었다. 이 작품은 맨 앞에서 밝힌 것처럼 기획부터 노원의 지명과 역사, 설화를 소재로 하자는 것이었다. 그러면서도 현대성과 현대적 감각을 넣어야 한다는 것이었다. 그래서 두 개의 설화, 두 역사 인물, 노원의 지명, 그리고 현대적 이슈를 넣어 집필했다. 욕심을 한껏 낸 대본이었다. 그런데 연출 과정에서 연극적 제한, 소재의 포화상태, 교육성 편향이라는 문제에 걸렸다. 조금씩 걸러내야 했다. 어찌 한 작품에 그리 많은 욕심을 내야 할 것인가. 많은 의견을 듣는 것은 필요하고 중요한데, 많은 이야기를 다 수정보안을 거듭하면서 만들어지는 것이 참으로 어려운 것이 연극 만들기라는 힘겨움이 몰려오기도 했다. 처음으로 밝히는 건데 작가 겸 예술 감독으로서 제작비 예산을 현실성을 무시하고 저 예산을 합의했다는 원망도 들었다. 그러나 필자는 지금도 많은 것은 아니지만 터무니없이 적은 것은 아니라고 생각한다. 왜냐하면, 재공연을 하면서 예술적 성과를 높이고 동시에 현실적 보상을 얻어야 한다는 생각에서이다. 관객 당 단가를 책정해야 한다는 계산법이 초연에는 무리가 있지만 이 계산법을 인정하기 때문이다. 무엇보다도 노원문화예술회관에서 1회성에 그치지 않고 문화 콘텐츠로 발전시킨다는 의지이다. 좋은 작품이 어디 초연에 가능한가. 수정과 보완을 거듭하면서 만들어지는 것이다.

어떻든 그날 토론을 참고로 해서 보완 심화시키는 작업을 하였다. 2차 공연은 스텝은 그대론데 배우가 모두 바뀌었다. 정제헌, 김진형, 김광명, 이재수, 장유희가 새 캐스트로 참여하여 2009년 1월 14일, 17일 노원문화예술회관 소공연장에서 공연하였다.

이 희곡을 쓰고, 공연하면서 느낀 것인데, 이 작품은 노원지역을 중심으로 희곡을 쓰고 공연을 했지만, 우리나라는 전체가 하나의 지리와 역사 그리고 민족이기 때문에 어느 지역의 것이든 우리 모두의 보편성에 이른다는 사실이다. 해서 다른 지역 공연에서 그 지역의 소재와 주재를 넣는다는 것은 그리 어려운 작업이 아닐 것이다. *

콧구멍이 벌렁벌렁

연출 노트

윤시중

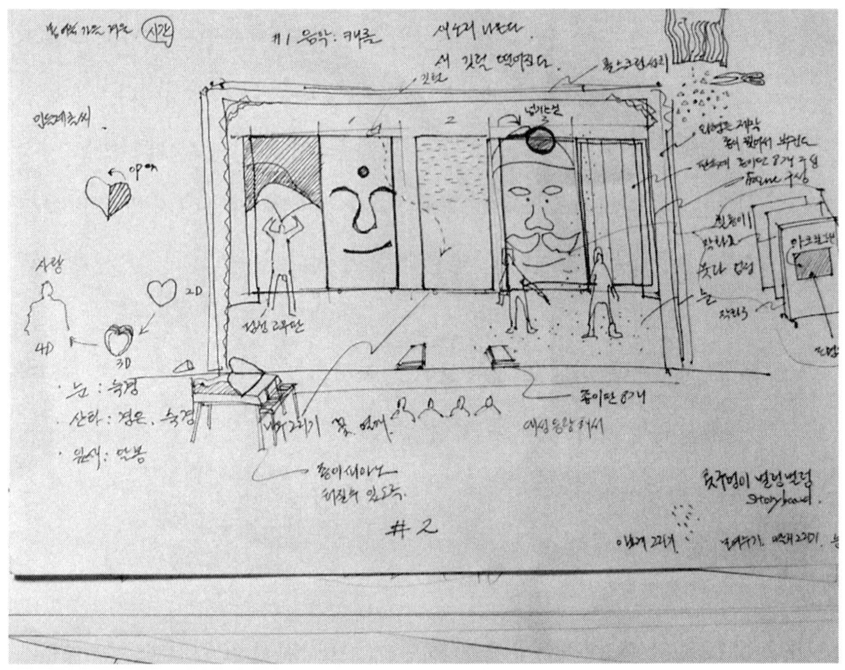

　어린 조카 "석경"이는 우리 집에 오면 늘 이면지와 연필만을 들고도 몇 시간씩 그림을 그립니다. 저는 석경이와 놀아주기가 힘에 부친다고 생각되면 얼른 종이를 한 장 줍니다. 제가 많이 바쁠 때는 큰 달력의 뒷면을 가져다줍니다. 신이 난 석경이는 연필을 꽉 쥐고 방바닥에 누워서 씨름이라도 하듯이 씩씩거리며 그립니다. 완성이 되면 그림을 들고 제 방으로 잽싸게 뛰어와서 수

줍게 자랑을 합니다. 주위의 반응에 자신감을 백배 얻어서 환하게 웃고는, 새로운 종이를 들고 자신만의 씨름장으로 다시 뛰어갑니다. 때때로 색연필도 요구합니다. 일단 자신의 그림이 스스로 만족스러우면 색을 덮기 시작합니다. 하얀 종이에 무언가를 그린다는 것은 아이든, 어른이든 흥분되는 일입니다. 사람은 종이 위에 순수한 창조 행위를 하고 기뻐하는 순수한 존재라고 생각됩니다.

종이와 붓만 가지고 소박하게 시작하는 연극을 하고 싶었습니다. 그 소박함이 극을 통해서 자라 관객을 흥분시키고 싶었습니다. 연습과정에서 점점 다양한 아이디어들이 만들어졌습니다. 재미있어서 만든 것들은 아직 완성도가 약하고 설익어서 한번 더 다듬으려합니다. 아래는 병아리 연출가의 7가지 "……싶습니다" 소망입니다.

1. 종이라는 물질이 관객의 상상력을 통해 어떻게 발전하는지를 보여주고 싶습니다.

2. 친근한 종이라는 재료를 사용하여 관객 누구나 만들어 볼 수 있다는 자신감을 주고 싶습니다.

3. 화려한 무대 조명 효과보다는 종이라는 소재와 빛을 통한 다양하고 섬세한 무대를 보여주고 싶습니다.

4. 종이에 그린 소박한 그림을 통해 우리 정서와 만나고 이야기를 만들어 가
고 싶습니다.

5. 소박한 2D가 3D가 되고 최종적으로 4차원의 상상력의 세계를 창조하고
싶습니다.

6. 간단한 그림을 통해 무대 현실이 환상이 되는 세계를 보여주고 싶습니다.

7. 배우와 종이판 8개를 사용하여 다양한 무대 공간을 연출하여 상상하는 연
극을 만들고 싶습니다.

2.14 ● 콧구멍이 벌렁벌렁

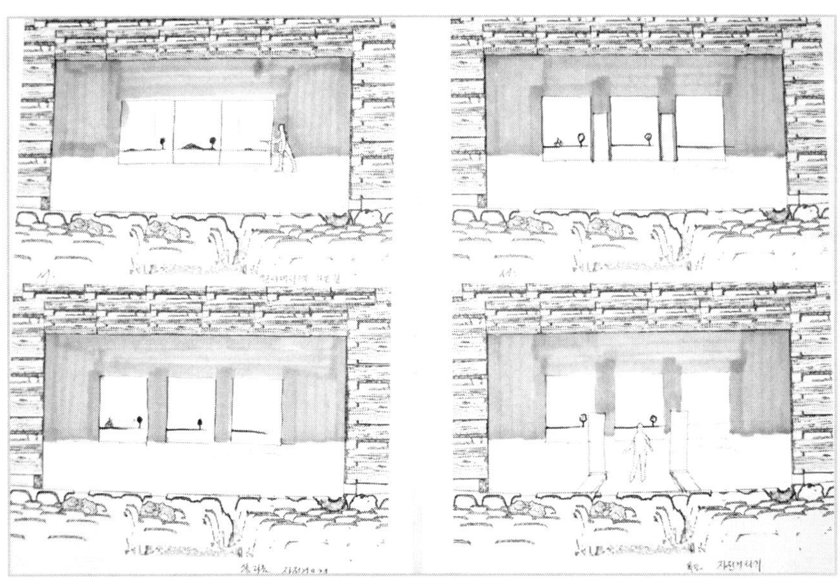

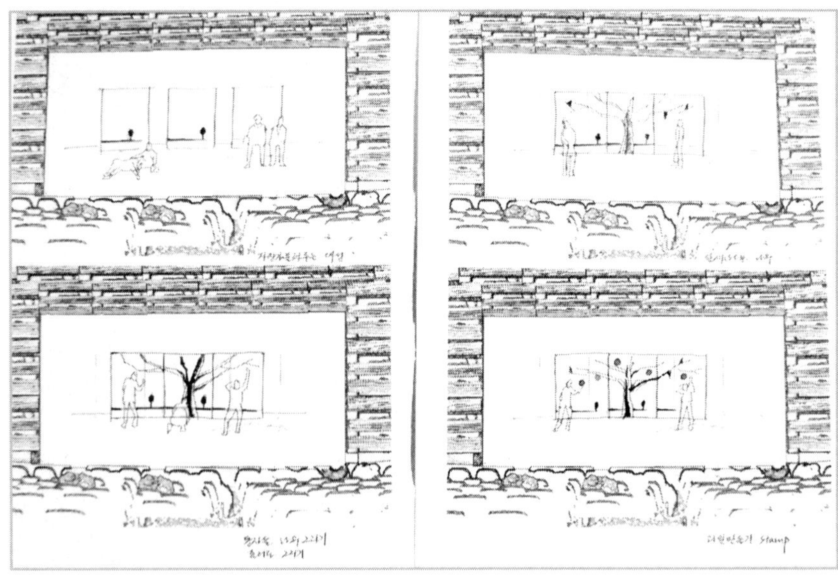

216 ● 콧구멍이 벌렁벌렁

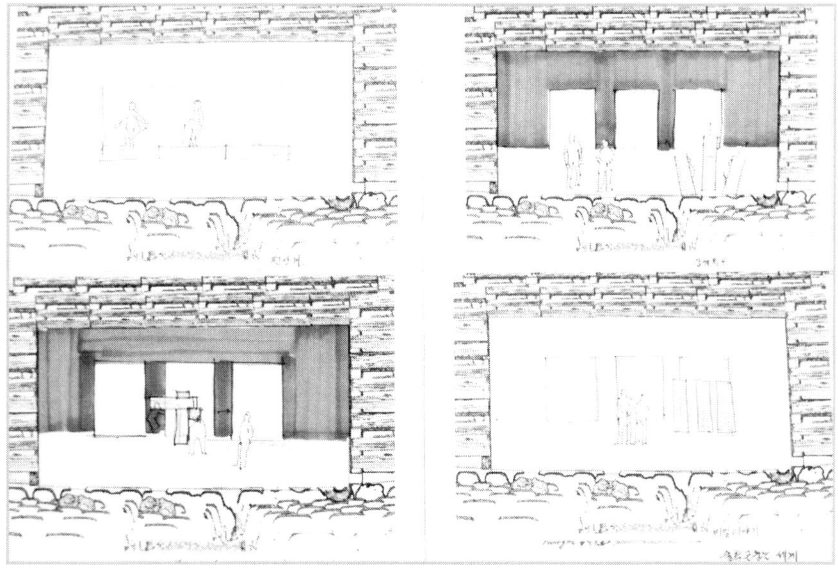

'콧구멍이 벌렁벌렁' 연출 노트 • 2.17

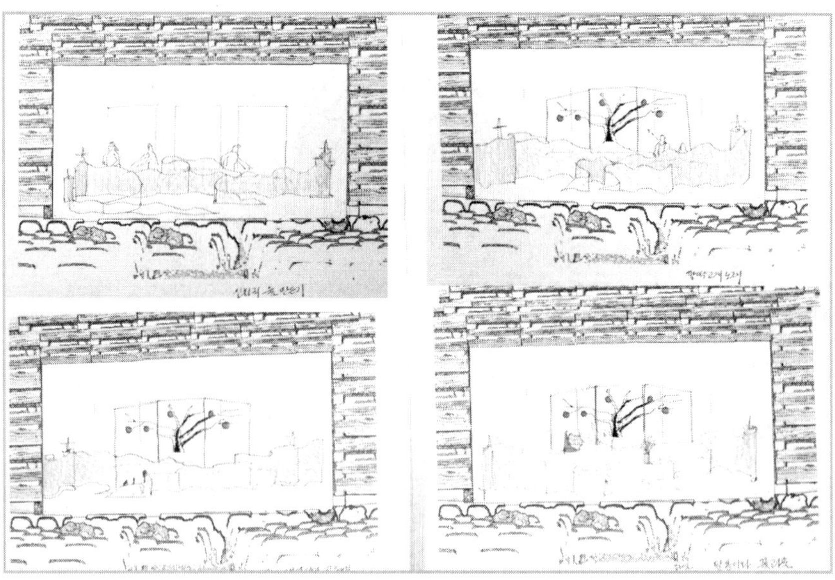

2.18 ● 콧구멍이 벌렁벌렁

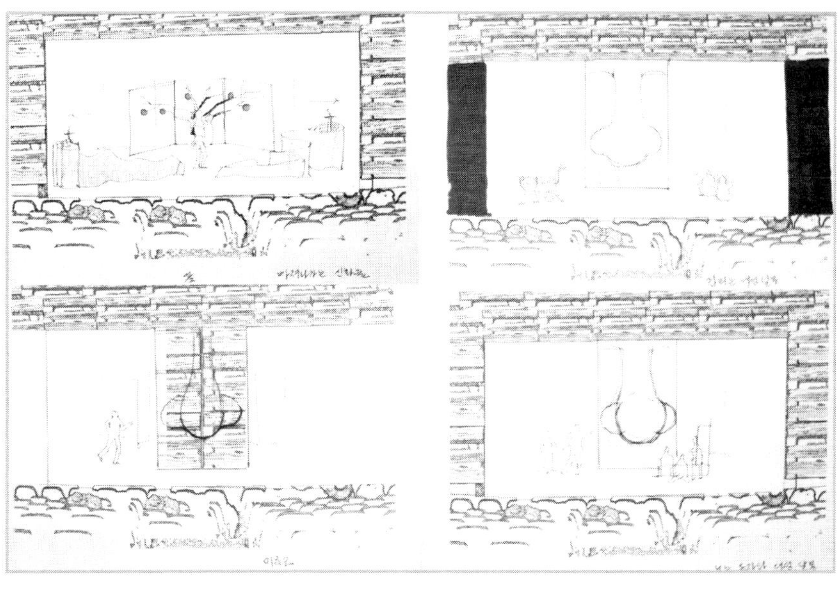